MUSÉE LITTÉRAIRE CONTEMPORAIN A 10 CENTIMES LA LIVRAISON

ÉMILE SOUVESTRE

PIERRE LANDAIS

Prix : 50 centimes

PARIS
MICHEL LEVY FRÈRES, LIBRAIRES-ÉDITEURS
RUE VIVIENNE, 2 BIS
1861

PIERRE LANDAIS

PAR

ÉMILE SOUVESTRE

I

PROLOGUE

Une foule de manants, de serfs et d'ouvriers entouraient le seuil d'une petite maison située à l'extrémité du faubourg du *Rachel*, à Vitré, regardant des meubles entassés dans le chemin, et que des gens de justice vendaient à la criée.

Tous semblaient attirés par la curiosité plus que par l'intérêt, car nul n'achetait, sauf quelques Juifs, qui proposaient, de loin en loin, une enchère, et donnaient au sergent, lorsque l'objet leur était adjugé, leurs noms et l'indication de leurs demeures. Cette dernière formalité était ordonnée par la coutume qui permettait *au detteur de recouvrer les biens sur lui saisis, en restituant, dans une huitaine, le prix aux acquéreurs, plus un denier pour chaque sol au-dessous de la livre, et, au-dessus de la livre, douze deniers.*

Cependant la porte qui était restée ouverte permettait de voir dans l'unique pièce composant l'habitation. Au coin le plus obscur et le plus reculé, un homme était assis près d'un berceau. Il portait l'habit piqué sur le devant, le chapeau à plumes de paon, et les bas de laine violette, qui, dans tout le duché de Bretagne, distinguaient les tailleurs des autres gens de métier. Il eût été difficile de dire son âge, au premier aspect : c'était un de ces visages sans rides et pourtant sans jeunesse, sur lesquels les années glissent comme l'eau du ciel sur les statues exposées aux porches des cathédrales. Il avait le teint pâle, la taille courte, les membres petits et grêles ; mais, bien que la force apparente lui manquât, on sentait en lui je ne sais quelle vitalité tenace.

Tout, du reste, en maître Landais, semblait opposition

et contraste. Doué de vives facultés poétiques, comme tous ceux de sa profession, il possédait, en même temps, au plus haut degré, le sens pratique des choses. De là, ce mélange de passion et de calcul dans les sentiments, d'élévation et de trivialité dans les paroles. Fidèle à ses projets, il savait également les accomplir, par spontanéité, ruse ou persistance; il y avait en lui, à la fois, du breton, du tailleur et du courtisan.

Cependant la vente continuait sans qu'il y prît garde. Le sergent venait d'adjuger son établi, sa hallebarde et quelques reliques bénites à Sainte-Anne, lorsqu'il mit la main sur un livre relié en chêne, avec fermoir d'acier poli.

— A trois gros nantais le manuscrit, dit-il.

Pierre Landais releva vivement la tête.

— Arrête, maître! s'écria-t-il en se levant, ce manuscrit ne peut m'être enlevé.

— Pourquoi cela?

— Parce que j'y ai écrit mes secrètes idées, à mes heures de loisir, et que chacune de ses pages est comme une lettre adressée à un ami.. Tu as vendu l'établi sur lequel je gagnais le pain de chaque jour, les armes destinées à défendre mon foyer, les reliques qui devaient me préserver du malheur; c'était ton droit, puisque je n'avais pas payé la rente due à messire le chancelier Chauvin; mais tu ne peux mettre en vente mes souvenirs et ma pensée: ce manuscrit, ce n'est pas un meuble, c'est quelque chose de moi.

Pour toute réponse, l'homme de justice prit une *Coutume de Bretagne* suspendue à sa ceinture par une courroie, l'ouvrit, et lut d'une voix claire:

Art. 226. « En nul cas ne seront exécutés les vêtements à usage quotidien, ni le lit et couette où reposent, ni le pain et la pâte de ceux sur lesquels on exécute. »

La *Coutume* ne parle point de manuscrit, ajouta-t-il ironiquement.

— Eh bien, laisse-le-moi, et vends tout le reste! s'écria Landais.

Le sergent haussa les épaules.

— Soit, dit-il, aussi bien je n'en trouverais pas six sous bourgeois.

Il rendit le livre à Landais, et la vente s'acheva sans nouvel incident.

La foule s'était retirée avec les gens de justice; Landais s'avançait vers la porte pour la refermer, lorsqu'un nouveau personnage parut sur le seuil.

Il portait aussi le costume de tailleur, mais le temps et la négligence avaient exercé sur ses vêtements de visibles ravages. A voir les mille piqûres de son pourpoint, blanchies par l'intempérie des saisons, on l'eût dit au premier aspect vêtu d'une cotte de mailles. Ses bas violets, de teinte inégale, laissaient apercevoir sa chair; et son feutre, dont la cuve déformée se détachait des bords frangés par l'usage, lui tombait jusqu'aux yeux. Quant à ses traits, c'était une de ces figures rougeaudes sur lesquelles la ruse et la couardise prennent une fausse apparence de bonhomie.

A l'aspect de Landais, il fit des épaules un geste plaintif, et lui tendit la main.

— Eh bien! mon pauvre compère, dit-il d'un ton pleureur, on a donc fait vendre chez toi?

— Messire Chauvin se venge!... murmura Landais, qui semblait répondre plutôt à ses pensées qu'aux paroles du tailleur.

Celui-ci hocha la tête.

— Hélas! oui, soupira-t-il; c'est un grand malheur, Pierre, que défunte Marguerite ait été vue du chancelier. Une autre y eût trouvé son avantage; mais Marguerite était une sainte. Aussi messire Chauvin s'est fâché; tu as perdu d'abord ta place de garçon tailleur près du comte d'Étampes, aujourd'hui notre gracieux duc...

— Puis le chancelier nous a persécutés partout, interrompit brusquement Landais: puis le travail m'a manqué, puis Marguerite a succombé à la misère et au chagrin!... Voilà ce que tu vas me dire, n'est-ce pas? car c'est ta manière, à toi: tu consoles toujours les autres en leur rappelant leurs maux; tu ne pleures que pour les faire pleurer plus fort! Ajoute de suite que, dans huit jours, ma fille et moi, nous n'aurons plus où appuyer notre tête, et qu'il faudra aller mourir avec elle au pied de quelque croix de carrefour! T'imagines-tu que je n'aie point pensé à tout cela, et que j'aie besoin de tes yeux pour voir à mes pieds?

— C'est de ta faute aussi, dit Ivon avec un geste têtu.

— De ma faute?

— Oui; tu as bravé messire Chauvin, tu lui as reproché sa paillardise.

— J'avais tort peut-être!

— On a toujours tort de résister quand on est sûr d'être le battu; moi, vois tu, compère, je ne manque jamais de trouver raison à ceux qui sont les plus forts. Je les remercie le chapeau à la main du mal qu'ils ne me font pas; je reçois ce qu'ils me doivent comme un pur don; je me fais enfin si petit, qu'ils seraient obligés de se baisser pour me frapper.

— Cela t'a bien réussi, dit Landais en promenant sur le costume déguenillé du tailleur un regard ironique.

— J'aime mieux des trous à ma veste qu'à ma peau, répondit Pierre; si les collecteurs me voyaient un meilleur habit, ils augmenteraient ma capitation. Le gibier le plus gras est le premier mangé, compère, et nous sommes nous autres le gibier de la noblesse.

— C'est-à-dire, observa Landais en le regardant fixement, que tu es plus riche que tu ne veux le paraître.

Ivon pâlit.

— Jésus! qui t'a dit cela? s'écria-t-il; moi riche? moi qui n'aurais besoin que du bissac et du bâton blanc pour paraître un mendiant; moi qui n'ai plus rien de la dernière fournée dans ma huche, et qui venais te demander à souper?

Pierre haussa les épaules.

— N'as-tu pas peur que je te dénonce ou que je te demande secours, damné ladre? dit-il dédaigneusement. Garde tes écus au soleil et tes angelots, si tu en as; que m'importe? Ce n'est point là ce qui m'occupe maintenant.

Il y eut une longue pause; les deux tailleurs s'étaient assis près du foyer. Pierre, les regards fixes, les lèvres serrées et les poings appuyés sur ses genoux, semblait suivre, dans sa pensée, quelque projet de haine.

Ivon, qui avait plusieurs fois levé les yeux sur lui, secoua la tête comme s'il eût deviné sa méditation.

— Prends garde, dit-il à demi-voix, il y a danger à se venger des puissants; si tu écoutes ta colère, ton sort deviendra pire qu'il n'est aujourd'hui. Quand on ne peut pas étrangler ses ennemis, vois-tu, le mieux est de leur faire la révérence.

— Aussi la ferais-je si cela pouvait me servir, répondit Landais; je saurais feindre mieux que toi, pourvu que le but justifiât un pareil effort; mais la patience veut l'espoir. Que je puisse sortir du néant où je suis, préparer à ma fille un avenir meilleur, me venger de ce que j'ai souffert, et à ce prix j'accepterai toutes les humiliations, je consentirai à tous les mensonges. Ah! personne ne me connaît, Ivon. Je marcherais à genoux dix années devant messire Chauvin, si j'avais l'espérance de le tenir une heure seulement sous mes pieds.

Ivon releva vivement la tête et regarda tout autour de lui.

— Prie Dieu que le chancelier n'en sache rien, murmura-t-il effrayé; Marie est encore trop jeune pour rester orpheline.

Ces derniers mots firent tressaillir Landais. Le souvenir de sa fille, jeté au milieu des bouillonnements de sa colère, sembla les apaiser subitement. Ses regards se tournèrent vers le berceau avec un attendrissement involontaire; Marie, qui venait de se réveiller, sourit en lui tendant ses petits bras, et il courut l'embrasser.

Il était aisé de voir, à la maigreur de l'enfant et à ses paupières plombées par la fièvre, qu'elle venait d'échapper à une longue maladie. Une pâle fraîcheur de convalesrence, répandue sur ses joues, annonçait pourtant le retour à la vie.

— Sainte Anne la bénisse ; elle est tout à fait guérie, dit Ivon qui s'était approché.

Et passant la main sur la brune chevelure de l'enfant :

— Pas vrai, petiote, que tu n'as plus de mal ? demanda-t-il.

— J'ai faim, répondit Marie en riant.

Pierre se rappela alors que, retenu par la vente, il n'avait rien préparé pour sa fille. Il fouilla avec inquiétude dans sa ceinture et en retira quelques gros nantais.

Les yeux d'Ivon brillèrent à cette vue ; sa main s'étendit comme par un mouvement involontaire.

— Donne, voisin, dit-il d'un ton câlin, j'irai acheter ce qu'il te faut.

— J'irai moi-même, répondit Pierre avec une brusque défiance.

— L'orage va venir ; tu ferais mieux de rester près de l'enfant.

On entendait en effet déjà de lointains grondements, et de larges gouttes de pluie, emportées par la rafale, commençaient à fouetter les carreaux de toile écrue dont l'étroite fenêtre était garnie. Marie jeta ses bras autour du cou de son père, en le suppliant de ne point la quitter, et celui-ci, qui ne savait résister à aucun des désirs de l'enfant, accepta, quoique à regret, la proposition de son compère, qui prit l'argent et sortit.

Après avoir échangé avec Landais quelques paroles et quelques caresses, Marie s'était levée. Elle vint s'asseoir près de l'âtre, et se mit à faire jaillir les étincelles du brasier assoupi, en chantant un des airs monotones que sa mère lui avait appris lorsqu'elle la berçait. Pierre la regarda faire quelque temps avec un triste sourire, puis il s'approcha de la porte dont le volet était resté ouvert, et s'y appuya rêveur.

Le peu de mots qui lui étaient échappés un instant auparavant, et qui avaient causé une telle frayeur à Ivon, n'étaient pourtant qu'une bien faible et bien incomplète expression de ce qui se passait dans cette âme. Qui eût pu la voir jusqu'au fond y eût découvert d'étranges ambitions et de plus singulières confiances.

Comme tous ceux que pousse une passion sincère, Landais avait fini par prendre ses rêves pour une prophétie, ses désirs pour des droits. Il avait vainement vu mettre au tombeau toutes ses espérances ; il en attendait la résurrection avec autant de foi que les apôtres celle du Christ. Son amour pour sa fille lui rendait tout croyable, facile. Seul, il n'eût désiré longtemps ni la richesse ni la puissance ; car il y avait au fond de ce cœur la lie amère que laisse une jeunesse trompée ; mais les souffrances qu'il avait connues, il voulait les éviter à Marie ; il voulait qu'elle vécût parmi les maîtres ; qu'elle marchât sur la foule, puisque c'était le seul moyen de ne pas sentir les pierres du chemin. Après avoir vu tant de misère chez les faibles, il devait croire que le bonheur se trouvait chez les puissants, et il voulait ce bonheur pour sa fille.

Quant au moyen de l'obtenir, il savait tout possible avec un hasard heureux et une ferme volonté : sûr de la volonté, il attendait donc le hasard sans découragement, sinon sans impatience.

Cependant la nuit descendait rapidement, et le tonnerre semblait approcher. La cabane du tailleur était placée à l'extrémité du faubourg du *Rachat*, loin de toutes les habitations et plus près de la lisière des bois que de la ville. Plongé dans sa méditation, Landais écoutait vaguement les cris d'appel des bûcherons, le roulement éloigné des chariots et les chants des pâtres regagnant, à travers les clairières, leurs fermes isolées. Il y avait pour lui, dans tous ces bruits, je ne sais quelle mystérieuse signification qui le faisait sourire. On eût dit qu'il prenait déjà possession de ses espérances, que ce murmure de travail le réjouissait comme un maître qui sait que l'on travaille à son intention, et que tout ce qui se fait doit lui revenir.

Dans ce moment la voix d'un pâtre retentit de plus près ; il chantait le vieux *sône* de la vallée. Fasciné par l'air si connu, Pierre prêta malgré lui l'oreille.

> Voici l'heure voilée
> Où meurent bruits et chants ;
> Au fond de la vallée
> Plus d'oiseaux ni d'enfants.
> L'ajonc flétri s'allume,
> Et le pâtre absorbé
> Près du foyer qui fume
> Reste, le front courbé.
>
> Il croit, dans sa masure,
> Que les plaisirs parfaits
> Coulent comme une eau pure
> Sous le toit des palais ;
> Mais les biens qu'il réclame
> Savent mieux se cacher :
> Le bonheur vient de l'âme
> Comme l'eau du rocher.

Landais fut involontairement saisi : on eût pu prendre ces vers pour un mystérieux avertissement ! Il y avait, ainsi que nous l'avons déjà dit, dans l'âme de Pierre toutes les superstitions du poëte, mêlées à toutes les habiletés de l'ambitieux. L'à-propos de ce vieux *sône*, qui venait, comme un écho de la sagesse antique, protester contre ses secrètes aspirations, déconcerta un instant son assurance.

Les esprits les plus actifs et les plus résolus ont toujours en eux, à leur insu, quelques mouvements de paresse honteuse, quelques lâchetés secrètes qui, au premier doute, crient que la prudence est le repos. Aussi, cet homme qui avait vu les gens de justice tout vendre chez lui, sans renoncer à ses projets d'élévation, se sentit-il ébranlé par la chanson d'un enfant qui passait.

Il referma le volet et vint s'asseoir découragé près de Marie.

Il y était à peine depuis un instant, qu'Ivon rentra.

— Sainte Vierge, quel temps ! s'écria-t-il en se secouant comme un chien qui sort de la rivière : j'ai voulu prendre par le chemin Vert, j'ai cru que je n'en sortirais jamais.

— On a pourtant fait une collecte pour le réparer ! observa Landais.

Ivon fit entendre une espèce de sifflement moqueur qui lui était habituel.

— La collecte aura servi à acheter une litière pour messire le chancelier, dit-il à demi-voix. Pourvu que nos seigneurs aient les pieds secs, ils trouvent les routes assez bonnes. S'ils pouvaient seulement s'égarer un jour de chasse, et prendre par le carrefour aux Loups ! ils serviraient à combler la grande fondrière, et ça nous épargnerait des fascines.

Ivon accompagna ces mots d'un rire qui semblait solliciter l'approbation de son compère ; mais celui-ci était retombé dans sa rêverie. Le tailleur se tourna alors vers Marie, avec laquelle il se remit à causer.

Il disposait tout en même temps pour le repas du père et de la fille, espérant acquérir ainsi le droit d'en prendre sa part. Les préparatifs furent bientôt achevés et l'enfant était déjà à table, lorsqu'on frappa violemment à la porte de la cabane. Ivon se détourna effrayé.

— Qui peut venir si tard ? demanda-t-il.

Landais se leva sans répondre et alla à la porte ; mais il recula à la vue d'un gentilhomme couvert de boue et de sang.

— Pour Dieu, maître, un abri ! balbutia celui-ci d'une voix faible.

Pierre s'empressa d'ouvrir ; l'étranger entra en chancelant et se laissa tomber sur le premier siége qu'il rencontra.

— Vous êtes blessé, messire ? demanda Landais.

Le gentilhomme voulut répondre ; mais ses forces étaient épuisées, il ne put que faire un signe ; puis sa tête se renversa, et ses yeux se fermèrent.

— Jésus ! il est mort, s'écria Ivon épouvanté.

— Il n'est qu'évanoui, répondit Pierre, qui avait passé une main sous le justaucorps de l'étranger pour consulter les battements de son cœur; aide-moi à le porter sur ce lit, et n'effraie point l'enfant par tes cris.

Le voyageur ne tarda point, en effet, à reprendre ses sens, et put enfin répondre aux questions de ses hôtes. Ils apprirent de lui que son cheval, effrayé par l'orage, l'avait précipité dans une des ravines qui bordaient le chemin. Il lui avait fallu des efforts inouïs pour atteindre la cabane de Landais, et ses souffrances étaient intolérables. Il demanda s'il n'y avait point à Vitry quelque *physicien* qui pût lui porter soulagement.

— Nous avons maître Thomasius, répondit Landais.

— Qu'il vienne alors, reprit le jeune homme; vous lui direz que le sire de Beauville le demande, et que s'il réussit à m'ôter mon mal, il recevra autant de deniers qu'en pourra contenir son bonnet de peau de renard.

A l'annonce d'une pareille récompense, Ivon s'approcha vivement du lit, et proposa d'aller chercher maître Thomasius.

— Va, dit Pierre, et conduis en même temps Marie chez ma sœur Olivette; il n'y aurait point ici de sommeil pour elle cette nuit.

Il enveloppa l'enfant dans un manteau de peau de chèvre, l'embrassa plusieurs fois, et la confia aux bras d'Ivon.

L'absence de celui-ci dura près d'une heure; il reparut enfin avec un vieillard en robe fourrée, qui portait sous le bras une cassette de cuir. C'était Thomasius.

Depuis le départ d'Ivon, une fièvre violente s'était emparée du sire de Beauville; sa raison commençait même à se troubler. Le maître *physicien*, averti par son conducteur de l'importance de la cure pour laquelle il était appelé, examina le blessé avec soin; puis, offrant son coffret, il en retira plusieurs baumes, onguents et élixirs, tous remèdes souverains, à en croire l'étiquette latine dont ils étaient accompagnés. Il en surveilla lui-même l'emploi, et ne négligea, pendant toute la nuit, aucune des superstitieuses précautions ordonnées par les maîtres mires les plus célèbres.

Mais, malgré tout, l'état du blessé ne fit que s'aggraver, et lorsque le jour parut, son délire était devenu une sorte de frénésie.

Thomasius, dont la science était à bout, s'approcha de Landais :

— M'est avis, maître, dit-il tout bas, qu'il serait temps que messire de Beauville songeât à Dieu, pour qu'à défaut de son corps il pût au moins sauver son âme.

— En est-il à ce point? demanda Pierre en tressaillant.

— Il y est, maître.

— Et pourtant vous disiez hier que les blessures étaient peu de chose?

— Aussi n'est-ce point de blessures qu'il mourra.

— Et de quoi donc?

Thomasius secoua la tête avec mystère.

— N'avez-vous pas vu, dit-il en baissant la voix, que les plus merveilleux remèdes sont restés sans effet, et que tous mes soins n'ont fait qu'augmenter le mal?

— Eh bien?

— Eh bien! cela prouve qu'aucune science humaine ne pouvait guérir messire de Beauville : il est *encoûté* (1)!

— *Encoûté!* répéta Landais avec l'épouvante que ce mot mystérieux excitait alors chez les âmes les plus fermes.

— Depuis longtemps, si j'en juge par la rapidité du mal.

— Et il n'y a aucun moyen de salut?

— Faites venir un prêtre.

Landais réveilla Ivon pour l'envoyer au couvent le plus voisin.

Il reparut bientôt avec un moine, que l'on mit au fait en quelques mots, et qui s'approcha du sire de Beauville, afin d'entendre sa confession.

(1) L'envoûtement était une opération magique au moyen de laquelle on faisait mourir ses ennemis en enfonçant de longues aiguilles dans leur effigie, avec des paroles cabalistiques.

Mais l'agonie avait déjà commencé pour celui-ci; son délire venait de faire place à un abattement profond; il ne put répondre aux exhortations du frère Kiroch que par quelques mots inintelligibles.

Le moine redoublait pourtant d'ardeur à mesure qu'il voyait diminuer les forces du blessé. Penché sur son lit, il énumérait tous les tourments de l'enfer, en lui criant de racheter ses péchés par quelque sainte fondation. Ces instances menaçantes parurent enfin comprises de sire de Beauville; il se tourna vers le moine, entr'ouvrit les paupières et fit un effort pour parler; mais sa voix s'éteignit presque au même instant, ses membres se roidirent, et il demeura immobile pour jamais.

Le frère, qui s'était baissé afin de le mieux entendre, se releva désappointé.

— Encore une âme à Satan! dit-il d'un ton de dépit irrité; point de repentir, point d'absolution! Au grand diable d'enfer quiconque meurt sans songer à la sainte religion!

— Vous n'avez rien obtenu, mon père? demanda Thomasius.

— Rien, répondit frère Kiroch en repassant à sa ceinture la croix de son rosaire, comme une arme qui est devenue inutile et que l'on rengaîne; j'en ai été pour mes pieuses exhortations.

— Ainsi que moi pour mes remèdes, ajouta le mire.

— Le couvent a pourtant besoin de morts pieuses, reprit le frère, car nos dortoirs sont trop petits et nos celliers tombent en ruine.

— Et je voudrais bien remplacer ma mule, ajouta le physicien.

— Le sire de Beauville appartient à l'une des riches familles de Normandie, et puisqu'il avait l'avantage de mourir près d'une maison de notre ordre, il nous devait au moins une donation.

— Et moi donc, mon frère, qui lui ai prodigué tous les secours de la science, n'avais-je point droit à une récompense?

— Notre Prieur réclamera près des héritiers.

— J'exigerai mes honoraires.

Ivon, qui avait écouté l'entretien de Kiroch et de Thomasius, s'approcha à son tour.

— M'est avis que nous pouvons tous réclamer quelque chose, dit-il d'un accent doucereux; vous, mon père, pour votre assistance au mourant; vous, maître Thomasius, pour vos bons soins; Pierre, pour lui avoir prêté son lit; et moi, pour m'être donné grand'peine et grande fatigue à son intention.

— C'est la vérité, dirent le physicien et le religieux; mais qui paiera au nom du défunt?

— La coutume de Bretagne, continua Ivon, permet aux mercenaires, *pour leurs services et loyers, de prendre biens de leur autorité au detteur* (1).

— Et tu conclus, maître?

— Je conclus que ce ne serait point péché de nous payer de nos propres mains les services rendus par nous à messire de Beauville.

Thomasius et frère Kiroch se regardèrent.

— Encore faudrait-il le pouvoir, dit celui-ci.

— Aussi le pouvons-nous, répondit Ivon.

— Comment cela?

— Voyez.

Il découvrit le lit mortuaire, et montra que le sire de Beauville portait une de ces ceintures de cuir qui servaient d'escarcelle en voyage, et que l'on avait coutume de cacher sous ses vêtements. Le moine et le mire se jetèrent un regard où brillait la cupidité.

— Si on s'en rapporte à la grosseur, elle doit être bien garnie, dit Kiroch en avançant instinctivement la main.

Ivon l'arrêta.

— Faisons d'abord nos conditions, dit-il; part égale à chacun; sinon rien à personne.

Ils se regardèrent de nouveau; il y eut un moment d'hésitation.

(1) Art. 229.

— Soit, dit enfin le religieux, qui paraissait pressé de connaître le contenu de la ceinture.

Le tailleur détacha celle-ci et la vida sur le lit. Trois cris de joie retentirent à la vue des angelots, des plaques et des écus d'or.

Les parts furent faites. Kiroch, Thomasius et Ivon prirent chacun la leur; mais tout à coup le premier se ravisa.

— Est-ce là tout le trésor du défunt? demanda-t-il.

On fouilla de nouveau sans trouver autre chose qu'une sorte de médaillon fermé et suspendu au cou du mort par une chaîne d'argent. Il contenait deux lettres avec un portrait de femme. Landais, qui jusqu'alors n'avait pris aucune part à tout ce qui s'était passé, tressaillit à la vue de ce dernier.

— Au plus heureux joueur le médaillon et la chaîne, dit Kiroch, qui tira des dés de sa manche.

— Non, dit Pierre en s'avançant, je les veux.

— Et que nous donneras-tu en retour? demanda Thomasius.

— Tout le reste.

— Marché fait! s'écrièrent ils tous trois en même temps, en lui jetant le portrait et les lettres; à nous l'or, à lui le grimoire!

II

Le lendemain du jour où s'étaient passés les événements racontés dans le chapitre précédent, Landais se promenait dans le courtil avec sa sœur Olivette; tous deux parlaient vivement et comme gens qui ont peine à s'entendre.

— Et quand les lettres et le portrait seraient de la dame de Villequier, qu'en espères-tu? demandait Olivette.

— L'avenir te le fera connaître, répondit le tailleur; pour aujourd'hui, contente-toi de ce que tu sais, et garde Marie pendant que j'irai devers Nantes tenter la fortune.

— Je la garderai, dit Olivette, en soupirant; mais c'est grand'pitié de voir ta vie se perdre ainsi en folles imaginations.

Landais fit un signe d'impatience.

— Ils sont tous de même, murmura-t-il; tant qu'on essaie, ils crient à la folie, et quand on a réussi, ils applaudissent. La raison, pour eux, c'est le succès.

— Et combien durera ton absence? demanda la tailleuse à Pierre.

— Je ne sais; il y aura peut-être bien des difficultés à vaincre et des dangers à courir; c'est pourquoi je laisse ici l'enfant. Sa présence détournerait mon attention et me ferait faillir le cœur; il faut que je marche devant moi sans distractions, sans attendrissement, aussi enfermé dans mon projet que ton fils Etienne dans sa jaquette d'archer.

— Je garderai Marie comme si je lui avais donné mon lait et mon nom au baptême, répondit Olivette; et, quoi qu'il arrive, Pierre, tu peux être sûr qu'elle aura chez nous la meilleure part, et qu'à défaut de pain, je lui donnerais mon sang.

— Merci, dit Landais attendri; je sais que tu es bonne comme la mère de Jésus; que Dieu me protége, et tu verras que Pierre n'oublie pas plus le bien que le mal.

Tous deux étaient arrivés à la porte du courtil; le tailleur ôta son chapeau et embrassa sa sœur.

— Ne veux-tu point voir encore une fois l'enfant? demanda celle-ci attendrie.

— Non, dit Pierre d'une voix altérée, je la réveillerais, et si elle me regardait, je n'aurais peut-être plus le cœur de partir!... Soigne-la bien, Liette; c'est tout ce qui me reste, vois-tu, et je sacrifierais pour elle mon salut éternel! Elle me demandera quand elle va se réveiller: dis lui que je reviendrai bientot. Prends-la sur tes genoux pour la consoler; chante-lui de vieilles chansons: c'est celle du *Cloarec aveugle* qu'elle aime le mieux... Adieu, Liette!... prie pour moi; je vais travailler là-bas pour vous.

Il l'embrassa de nouveau, en retenant à grand'peine ses larmes, et s'élança hors du courtil.

Il marcha presque en courant jusqu'au carrefour du Calvaire; mais lorsque, arrivé là, il se détourna, et ne vit plus même la fumée de son toit, il se sentit le cœur navré, et, se mettant à genoux devant la croix de pierre, il ne put se retenir de pleurer.

Cependant le courage lui revint vite. Après avoir recommandé sa fille à la vierge Marie, il se releva raffermi et reprit sa route.

Arrivé à Nantes, son premier soin fut de chercher le fils de sa sœur, Etienne Guibé, qui servait comme archer dans la garde du duc. Il se dirigea en conséquence vers le château.

Comme il allait atteindre le port, il aperçut une grande foule de gentilshommes, de bourgeois et de manants, qui regardaient vers la Loire; Pierre s'approcha, cherchant à percer la foule, et aperçut bientôt une barque merveilleusement peinte et tentée de soie verte, qui était près de quitter le bord.

Les mariniers, vêtus de fine toile de Quintin, étaient debout à leurs rames, tandis que les gentilshommes se tenaient, le feutre à la main, près de chaque banc. A l'arrière était assis le duc François II, en riche habit de velours.

Ses traits avaient, au premier aspect, cette expression à la fois énergique et douce qui semble être le principal caractère de la vieille race de l'Armorique; mais, en regardant avec plus de soin, on était bientôt frappé de la molle langueur qui flottait sur ses lèvres voluptueuses et au fond de ses yeux bruns. A demi appuyé sur le coude gauche, il tenait sur le poing droit un corbeau blanc qu'il avait acheté depuis peu à prix d'or, et dont il tirait grand amusement. A côté de lui se trouvait une dame singulièrement belle et vêtue de brocart comme une reine. C'était Antoinette de Maignelais, célèbre dans toute la Bretagne pour l'empire absolu qu'elle exerçait sur le duc François. Landais la reconnut d'autant plus facilement qu'il l'avait vue maintes fois lorsque Marguerite, alors sa fiancée, la servait, et que lui-même était attaché à la garde-robe du duc, encore comte d'Etampes.

Il essaya de s'approcher davantage de la barque; mais les archers qui bordaient le quai l'arrêtèrent.

— Hors d'ici, malandrin! s'écria un sergent en le repoussant rudement de sa hallebarde.

Landais voulut faire quelque résistance.

— Prenez garde, maître, dit tout bas un bourgeois qui se tenait prudemment à distance; les soudards du duc sont brutaux et ne se soucient guère de la peau d'un manant; d'ici vous verrez à votre satisfaction et sans encombre.

Pierre suivit le conseil et alla se placer près du bourgeois.

— Où se rend donc le duc? lui demanda-t-il.

— Il va chasser les oiseaux aquatiques, répondit celui-ci; à la marée montante, goëlands, hirondelles, guillaumes gris vont arriver par bandes, et monseigneur prend un merveilleux plaisir à les tirer au vol; il ne rentrera peut être qu'à la nuit close.

— Mais quel amusement la dame de Villequier peut-elle trouver à pareil jeu, et pourquoi suit-elle le duc?

— Parce qu'il faut que l'homme soit partout suivi du péché mortel, observa un second interlocuteur que sa robe de serge, et surtout son embonpoint, dénonçaient suffisamment pour un scribe de l'évêché. Damoiselle Antoinette a expérimenté, sur le roi de France Charles VII comment on garde sous le joug les fronts couronnés, et sait qu'il est bon de ne point lâcher la laisse.

— Vive Dieu! s'écria un patron de navire, assis sur la branche d'un arbre qui s'avançait vers le fleuve; monseigneur est heureux de gouverner si blanche nef; avec elle qu'on la dit habile en tous genres de galanteries.

— N'a-t-elle pas reçu leçon de sa tante Agnès Sorel? répondit le scribe.

— Et de bien d'autres, si l'on en croit les contes de commères, ajouta à demi-voix un marchand; aussi puis-je vous répondre que c'est une fière personne, s'estimant plus haut qu'une reine, et ne permettant point l'abord de son retrait aux gens de peu.

— Pour le vrai, dit le marin, nous lui avions apporté une gazelle des pays chauds, et je lui ai fait demander qu'elle nous octroyât la grâce de la lui offrir de notre main; mais elle a envoyé un de ses pages avec une bourse pour la quérir.

— Est-il donc si difficile de parvenir jusqu'à la dame de Villequier? demanda Landais inquiet.

— Un peu plus que d'entrer au paradis, maître, répliqua le scribe.

— Et pourtant, reprit le marin, la voir de près doit être chose qui agrée, car, sur le salut de mon âme! l'hermine est moins blanche que sa peau, et la mer est moins ondoyante que son corps.

— Ce n'est point une beauté parfaite, reprit l'homme de l'évêque: on en a décidé ainsi à la cour de France, où se jugent mieux qu'en aucun pays pareilles questions.

— Et qu'ont-ils donc trouvé à redire en elle? demanda le maître pilote d'un air incrédule.

— Elle a, dit-on, un œil plus petit que l'autre.

Le marin haussa les épaules en sifflant.

— Quand je suis à la mer, je ne songe pas à mesurer les étoiles qui me regardent joyeusement du ciel, dit-il. Haro sur ceux qui épluchent de si près les belles choses!

— Soit, reprit le scribe; mais admirez-vous aussi les taches rousses qui couvrent son visage? elle-même y trouve grande laideur, car elle s'en inquiète plus que de sa part des mérites de Notre-Seigneur. Tous les mires et tous les *souffleurs* ont déjà épuisé leurs secrets pour les faire disparaître. Aussi, quelque enfermée que soit la dame pour les manants, elle vous eût ouvert elle-même toutes les portes si, au lieu d'une gazelle, vous aviez proposé un nouveau remède.

Cependant les barques qui devaient accompagner celle du duc s'étaient remplies de mariniers et d'archers; toutes quittèrent enfin le bord pour prendre le fil de l'eau. Landais les vit bientôt disparaître derrière les îles nombreuses de la Loire.

Mais il n'avait rien perdu de la conversation du marin, du scribe et du marchand. Résolu d'en faire son profit, il retourna à l'hôtellerie où il était descendu.

Quoique fils d'un tailleur, Landais n'était point sans culture. Destiné d'abord à l'Église, il avait reçu l'instruction qui distinguait alors les prêtres des laïques. Plus tard, la vocation ne lui étant point venue, il quitta les écoles et se rendit habile dans le métier de son père, mais sans rien oublier de ce qu'il avait appris. Il possédait surtout à un haut degré cet art des scribes que n'avait point détrôné encore l'imprimerie, comme alors de ses seuls inventeurs. Il passa donc le reste du jour à *libeller* une requête dans laquelle il épuisa toutes les coquetteries des majuscules et toutes les perfections de l'écriture gothique.

Muni de cette pièce, il alla trouver le soir même Étienne Guibé, à qui il demanda de la remettre aux mains d'Antoinette de Magnelais elle même.

Le jeune archer se défendit d'abord en prétextant mille difficultés; mais Pierre trouva réponse à toutes ses objections. Le tailleur avait, au besoin, cette éloquence contagieuse qui s'insinue doucement, et obtient tout sans rien exiger.

Étienne promit de faire parvenir, dès le lendemain, s'il était possible, à la dame de Villequier la requête de son oncle, et celui-ci l'avertit qu'il attendrait tout le jour à son hôtellerie.

III

Antoinette de Magnelais était assise devant un miroir: deux de ses femmes s'occupaient à peigner sa belle chevelure blonde, tandis que plusieurs autres entouraient de dentelle le hennin qu'elle devait porter.

Cette énorme coiffure, qui excitait depuis longtemps la colère des prêtres, n'avait pas moins de quatre pieds de hauteur: c'était une sorte de charpente en forme de cône tronqué, recouverte de malines, de broderies d'or et de torsades de perles.

Aux pieds d'Antoinette, jouaient deux enfants reconnus pour fils naturels du duc: François, seigneur de Clisson, et Antoine de Bretagne, appelé familièrement Dolus.

Le premier, qui avait à peine six ans, était revêtu d'une armure complète à sa taille, et tenait dégaînée une petite dague d'argent dont il essayait la pointe sur le fin tapis de Venise qui recouvrait le carreau. Quant à Dolus, il feuilletait un manuscrit soigneusement colorié, en psalmodiant à demi-voix un air d'église.

Antoinette jetait de temps en temps sur le miroir un regard mécontent. Dans ce moment la portière du retrait fut soulevée, et une femme entra. La dame de Villequier se détourna vivement.

— Eh bien, Marthe?

— Rien, maîtresse, répondit la jeune fille d'un accent affligé.

Antoinette fit un geste de chagrin: tout à coup ses yeux tombèrent sur un parchemin que Marthe tenait à la main.

— Qu'est-ce donc que cela? demanda-t-elle.

— Une requête dont m'a chargée un des archers de monseigneur.

— Au feu! dit la dame de Villequier avec une impatience ennuyée.

— Pardon, reprit la jeune fille; si j'en crois l'archer, il s'agit de quelque chose d'important pour vous.

— L'archer viendrait-il de Vitré? demanda Antoinette tout bas.

— Je ne sais, maîtresse.

La dame de Villequier prit le parchemin et brisa le scel; mais à mesure qu'elle lisait, l'éclair d'espoir qui avait illuminé son visage alla s'éteignant. Elle jeta enfin la requête sur sa table d'atours.

— Encore quelque mensonge ou volerie, dit-elle dédaigneusement.

Et s'adressant à ses femmes:

— Achevez promptement, ajouta-t-elle; monseigneur le duc va me venir chercher pour une chevauchée par la prairie.

Les femmes se hâtèrent d'obéir, et la dame de Villequier se trouva bientôt prête.

Elle resta quelque temps assise, le coude appuyé sur son fauteuil et la tête sur sa main. Enfin elle se rappela le parchemin qui venait de lui être remis, et, le prenant de nouveau, elle le parcourut avec nonchalance.

— Connais-tu l'archer qui t'a donné cette requête? demanda-t-elle à Marthe.

— On le nomme Étienne Guibé, répliqua celle-ci en rougissant un peu.

— Et il répond de l'homme qui l'a écrite?

— Si j'ai bien entendu, c'est son oncle.

Antoinette regarda encore le parchemin, puis son miroir, et dit enfin:

— Qu'il vienne!

La jeune fille sortit et reparut bientôt, suivie de Pierre Landais.

Arrivé devant la dame de Villequier, celui-ci mit un genou en terre, comme s'il eût été devant le duc.

— C'est donc toi qui te vantes de faire plus que tous les mires et alchimistes, pour détruire les taches rousses du visage ! dit Antoinette.

— C'est moi, répondit Landais.

— Fais-nous connaître ta recette, et si ce n'est point momerie, je te promets, sur mon salut, de te récompenser au delà de tes mérites.

— Je ne puis dire chose pareille qu'à vous seule, répliqua le tailleur ; ce sont mystères trop précieux, et qui doivent être réservés pour les reines.

— Soit, dit la dame.

Elle fit un signe, et ses femmes se retirèrent en emportant les deux enfants.

— Maintenant, reprit Antoinette, déclare-moi ton secret.

— Je n'en ai pas, répondit Landais tranquillement.

Elle le regarda étonnée.

— Pourquoi t'en es-tu vanté, alors?

— Parce que je n'avais pas d'autre moyen d'arriver jusqu'à vous.

— Et que me veux-tu?

— Vous allez le savoir, répondit le tailleur en fouillant dans sa ceinture.

Antoinette se leva presque effrayée ; sa main s'étendit involontairement vers le timbre placé près d'elle.

— N'appelez pas, s'écria Landais ; je viens de la part de messire René de Beauville.

— René ! répéta Antoinette en s'élançant vers lui. Ah ! que fait-il? pourquoi ne m'a-t-il pas donné plus tôt de ses nouvelles? Parle parle, où as-tu vu René?

— A Vitré.

— Et que t'a-t-il remis?

Pour toute réponse, Pierre présenta le médaillon ; à cette vue Antoinette devint pâle.

— Il me le renvoie? dit-elle. C'est impossible !

Elle le prit, l'ouvrit, et aperçut des lettres avec le portrait.

— C'est lui qui t'a remis cela ? s'écria-t-elle en saisissant brusquement Landais par les deux bras.

— Lui, répondit le tailleur.

— Et il n'a rien dit, rien écrit?

— Il n'en a point eu le temps.

— Que veux-tu dire ? aurait-il quitté la Bretagne ?

— Il a quitté la vie.

Antoinette recula en jetant un cri.

— Tu mens, balbutia-t-elle.

— Voici l'acte constatant sa mort, dit Landais en lui tendant un parchemin.

Elle le prit d'une main tremblante, lut les premières lignes; mais tout à coup ses bras cherchèrent un appui ; elle chancela, et tomba sur son fauteuil privée de sentiment.

Le tailleur ne s'attendait pas à une pareille douleur ; il demeura un instant incertain; mais comprenant que le mieux était de ne point faire de bruit, il se décida à secourir lui-même Antoinette.

Celle-ci ne tarda point à reprendre ses sens; le parchemin qu'elle tenait encore lui rappela tout ce qui venait de se passer ; elle se couvrit le visage de ses deux mains et fondit en larmes.

Pierre ne tenta aucune consolation : sûr qu'elles eussent été inutiles, il attendit en silence.

Enfin, la première douleur apaisée, la dame de Villequier l'interrogea. Il lui fit le récit de ce qui était arrivé, avec des détails qui renouvelèrent plusieurs fois le désespoir d'Antoinette. De tous ceux auxquels ce cœur inconstant s'était successivement donné, René de Beauville avait été en effet le plus sérieusement aimé. La mort rompait d'ailleurs cette affection dans sa première fleur, et avant que le désir de changement fût né. La jeune femme se fit répéter plusieurs fois chaque détail, s'attachant avec cette espèce d'acharnement des âmes vives à tout ce qui pouvait entretenir ou accroître sa douloureuse émotion.

Cependant ses larmes avaient cessé de couler : elle commençait à reprendre possession d'elle-même, lorsqu'un bruit de pas et de voix se fit entendre. Landais prêta l'oreille.

— C'est monseigneur ! dit-il.

— Ciel ! s'écria Antoinette, comment lui cacher mon trouble ?

Dans ce moment le page qui précédait François souleva la portière.

— Ne me contredites pas, murmura le tailleur.

Antoinette ne put lui répondre ; le duc venait d'entrer, il s'avançait le sourire sur les lèvres ; mais tout à coup il s'arrêta.

— Vive Dieu ! que vous est-il arrivé, Antoinette, s'écria-t-il, que vous ayez les yeux rouges et le visage si blême ?

— Ah ! monseigneur, je vous crie merci! interrompit Landais qui était tombé à genoux.

Le duc se retourna tout surpris.

— Quel est ce manant? demanda-t-il.

— Monseigneur ne se rappelle-t-il plus le petit Pierre, autrefois garçon tailleur de sa garde-robe, et qui avait épousé une belle servante de la noble dame de Villequier.

— Après? interrompit le duc.

— Hélas ! reprit Landais, chassés tous deux par l'intendant de monseigneur, misère et tristesse les ont suivis depuis, comme Adam et Ève au sortir du Paradis terrestre : si bien que la belle Marguerite est trépassée, et que le petit Pierre n'a eu de ressource que de venir tout conter à la noble dame de Montrésor, qui a été touchée, comme les anges, à la prière du pécheur.

— Ainsi ce sont les doléances de ce vilain qui vous ont causé tant d'émoi ? demanda le duc à Antoinette.

— Il est vrai, monseigneur.

— Haro sur qui fait pleurer une dame ! s'écria François. Holà ! mes pages, hors d'ici ce coquin, et secouez sur ses épaules vos ceinturons.

Les pages firent un mouvement pour chasser Landais, mais Antoinette les arrêta du geste.

— Non, dit-elle, il mérite pardon, et je veux qu'il l'obtienne.

— Pars donc sans malencontre, dit François ; je ne refuse rien aux belles.

— Ainsi me l'étais-je dit, quand je suis venu devers la gracieuse sainte de votre cœur, reprit hardiment Landais, et savais-je bien que ce qui a été promis par la dame, le chevalier ne le refuse pas.

François sourit.

— Et que t'a-t-on promis? demanda-t-il.

— L'honneur de servir monseigneur comme par le passé.

Le duc se tourna vers la dame de Villequier.

— Le voulez-vous vraiment, dame Antoinette? dit-il.

— S'il vous est agréable, répondit celle-ci un peu embarrassée.

— C'est fait alors, dit le duc. Holà ! vous autres, vous mènerez ce manant au maître de ma garde-robe et vous ordonnerez qu'il trouve pour lui une place de valet.

Landais se releva en remerciant, et suivit un des pages.

Une heure après, Étienne Guibé le rencontra dans la cour du château, portant son nouveau costume aux armes du duc. Il recula stupéfait.

— Déjà ! s'écria-t-il.

— Ne t'avais-je point averti? répliqua Pierre tranquillement ; je commence, garçon, mais les bons ouvriers travaillent vite.

— Ainsi vous êtes sur le chemin de la fortune? demanda Guibé mystérieusement.

— Ou du gibet, répondit Pierre.

V

LA LUTTE

Un grand nombre de seigneurs étaient réunis dans la grande salle du château ducal de Nantes, attendant l'audience que François avait coutume de donner chaque jour. La plupart étaient revenus, avec le duc, de Redon, où les états s'étaient tenus cette année. On voyait là les meilleurs gentilshommes de Bretagne, et l'on entendait annoncer des noms connus alors dans toute la chrétienté.

C'était d'abord le sire de Clisson, descendant de ce fameux Olivier qui *forgeait si rudement les Anglais sur l'enclume de la guerre;* le vicomte de Rohan, célèbre par son aventureuse bravoure, toujours léger d'argent, selon l'habitude de ceux de sa maison, et encore plus léger de prudence; le maréchal de Rieux, esprit médiocre, habitué à prendre la turbulence pour l'action et le bruit pour la gloire; les sires de Laval, de Châteauneuf, de la Hunaudaie, de Châteaugal, de Sourdeac, de Sévigné, et beaucoup d'autres dont le souvenir est resté dans les chroniques du pays.

Ils étaient formés en groupes, causant des démêlés du duc avec la cour de France, lorsqu'entra un gentilhomme dont le costume avait quelque chose d'étranger.

— N'est-ce point ce capitaine qui arrive de France? demanda Clisson.

— Précisément, répondit le vicomte de Rohan; un brave de nos vieilles bandes, Guillaume de Trégus.

En s'entendant nommer, le nouveau-venu s'approcha des gentilshommes et échangea avec eux un salut.

— Le duc ne s'est-il point encore montré? demanda-t-il.

— Pas encore, répondit le vicomte; il s'entretient vraisemblablement avec son trésorier, messire Landais.

Trégus fit un geste de curiosité.

— Par saint Gilles! quel est donc cet homme? dit-il; depuis deux jours que je suis arrivé, je n'entends que son nom, et l'on me renvoie à lui pour toute chose.

— C'est que lui seul est maître désormais, répliqua Rohan; depuis Adam, on ne vit jamais manant arriver si haut ni si promptement. Il y a douze années à peine que Pierre Landais était valet de la garde-robe de monseigneur, et le voilà devenu son ministre tout-puissant.

— Et qui l'a poussé là?

— La dame de Villequier d'abord. Haïe des gentilshommes qui regrettaient de voir la bonne duchesse Marguerite délaissée, elle a aidé à l'élévation du tailleur, afin d'avoir dans les conseils du duc une de ses créatures.

— Mais la dame Antoinette est morte depuis plusieurs années; comment maître Landais a-t-il pu se maintenir?

— Il tenait la bride, et c'est un rude cavalier, répondit de Rohan à demi-voix. Monseigneur s'est estimé trop heureux d'avoir trouvé un homme qu'aucun travail n'effraie, et qui ne s'embarrasse de rien, non plus que Satan; aussi a-t-il abdiqué pour le trésorier : tout ici se fait par lui ou pour lui et les siens; et le pis, c'est que cette âme ressemble au tonneau des filles de Danaüs, rien ne la remplit.

— C'est la vérité, interrompit le maréchal de Rieux; après avoir pris partout des deux mains comme larron qui butine, pourvu sa sœur, ses nièces et ses neveux, on pouvait le croire au bout de son ambition; mais ne vient-il pas de présenter à la cour une fille qu'il a fait élever au couvent, et que l'on dit aussi savante qu'une abbesse! Pour doter si noble héritière, ce ne sera point trop de la moitié du duché; car, apprenez-le, messire, le tailleur de Vannes est maintenant aussi bon gentilhomme que monseigneur : il a comme lui des secrétaires, des gardes et un écusson.

Guillaume Trégus écoutait avec étonnement.

— Tout ce que vous dites là est merveille pour moi, reprit-il. Occupé à guerroyer en Italie et en Allemagne depuis près de quinze années, je n'ai rien su de ce qui se passait au pays; mais d'où vient que le duc prête l'oreille à ce vilain?

— Vous connaissez monseigneur, répondit Rohan en baissant la voix : tel vous l'avez vu comte d'Étampes, tel il est toujours; aussi léger que le sable de nos grèves, et cédant comme lui au premier vent qui souffle. Il s'est donné au tailleur pour n'avoir plus la peine de conduire son duché; mais, où il cherchait un serviteur, il a trouvé un maître! le trésorier l'a enveloppé de sa volonté comme un enfant de langes : il le possède, il le fait sentir et penser selon sa fantaisie. Par instants, la fierté de François se réveille, car monseigneur est de noble maison, après tout; il résiste à maître Landais, il le brocarde et l'humilie! celui-ci baisse alors la tête, comme sous une ondée de pluie : mais l'orage passé, il reprend sa domination avec la même assurance, et monseigneur se soumet, à la manière d'un faucon révolté qui, après une volée, revient tendre la tête au chaperon du veneur.

— Nul ne peut-il donc lutter contre la faveur du ministre?

— L'évêque de Rennes et messire Chauvin ont voulu le tenter.

— Eh bien?

— Le premier est mort misérablement dans l'exil, et l'autre dans sa prison.

— Est-ce vrai? s'écria le capitaine.

— Et de plus, reprit Clisson, on a confisqué les biens du chancelier, brisé son écusson, abattu ses falaises, chassé sa veuve et ses enfants. La mère a été trouvée morte de faim et de froid avec un de ses fils sur le seuil d'une église de village; l'autre sera sans doute tombé un peu plus loin.

— Et vous n'êtes pas monté à cheval pour punir le manant qui avait commis un tel crime? s'écria Trégus indigné.

— Il était sur ses gardes, murmura le maréchal de Rieux.

Le capitaine remit, avec un geste brusque, son chapeau à la flamande, et, regardant les gentilshommes bretons :

— S'il en est ainsi, dit-il, Dieu vous garde! Quant à moi, je n'ai point coutume de voir la noblesse obéir aux vilains, j'aime mieux retourner en Allemagne.

— Fi donc! vous ne le ferez pas, dit en riant le vicomte.

— Pardieu! je le ferai, s'écria Trégus en colère.

De Rohan passa un bras sous le sien, et le menant à l'écart :

— Vous resterez pour tirer l'épée avec nous, dit-il tout bas, et pour voir pendre le tailleur.

— En êtes-vous là? demanda le capitaine.

— Venez ce soir à la taverne de Saint-Efflam, vous le saurez.

Les deux gentilshommes se serrèrent la main, puis se séparèrent pour ne point fixer l'attention.

Trégus venait d'aborder messire Trevecar, et l'écoutait raconter de nouveaux méfaits du trésorier, lorsque ses yeux s'arrêtèrent avec étonnement sur un vieillard qui entrait.

Sa barbe grise descendait en désordre sur sa poitrine; ses habits pendaient en lambeaux, et il portait à la main un bâton de houx encore garni de son écorce.

Le capitaine le montra à Trevecar en lui demandant si les mendiants entraient ainsi dans le palais du duc.

— Ce mendiant est de plus noble maison que nous, messire, répondit Trevecar, car il se nomme Étienne Chauvin.

— Le frère du chancelier?

— Lui-même : la ruine de sa famille a, un instant, troublé sa raison, et, bien qu'il l'ait retrouvée depuis, il garde les haillons qu'il portait dans sa folie, comme pour rappeler toujours la mort de son frère. Il a, du reste, remplacé le bouffon de Monseigneur, qui s'en amuse, et livre le trésorier à ses brocards dans ses moments de dépit.

Pendant ces explications, l'homme aux haillons s'était

approché; Clisson le salua du nom de cousin, en lui demandant d'où il venait.

Je viens de voir le nouveau pont que maître François, duc de Bretagne, fait bâtir, répondit le fou, et les nouveaux remparts que nos seigneurs les bourgeois (il se découvrit) élèvent dans le Marchix.

— Si je ne faux, observa de Rohan, qui s'était approché, messire Étienne amusait tout à l'heure les passants de ses gausseries, en leur montrant les couleuvrines de bronze, représentant les sept vertus chrétiennes, que le trésorier a fait ranger devant le château.

— Je leur expliquais pourquoi les pauvrettes avaient été laissées dehors, répondit le fou.

— Et pourquoi? demandèrent plusieurs voix.

— Parce qu'où se trouve monseigneur Landais, les vertus théologales doivent naturellement rester à la porte.

Les gentilshommes se mirent à rire.

— Ose-t-il railler ainsi le trésorier? dit Trégus à demi-voix.

— Vous en entendrez bien d'autres, répondit Trevecar.

— Et le tailleur ne s'en venge point?

— Vous savez qu'une tête affolée est chose sainte en Bretagne, messire; qui la frapperait paraîtrait offenser Dieu.

Le capitaine allait répliquer, lorsqu'on annonça le duc.

Celui-ci entra, en effet, vivement, suivi du trésorier, avec lequel il semblait se quereller. A l'aspect des gentilshommes, qui avaient fait silence à leur entrée, tous deux s'interrompirent.

François salua un peu brusquement.

— Pardon, messires, de vous avoir fait attendre, dit-il; mais je défendais vos plaisirs contre maître Landais.

— Messire le trésorier songerait-il à nous enlever quelques nouveaux droits pour en doter les bourgeois, comme il a déjà fait de ceux de four, de pêche et de *fuie?* demanda le vicomte de Rohan.

— Non, répondit le duc; mais je voulais donner des joutes et courses de bague pour l'arrivée de mon neveu le prince d'Orange.

— Et messire Landais ne le permet pas?

— Il me refuse de l'argent.

— Je comprends, observa messire de Rohan : il reste à messire le trésorier une fille à doter; il a besoin d'économies!

François ne comprit point ou feignit de ne point comprendre.

— Les joutes auront lieu pourtant, reprit-il, car je le veux, dussé-je vous emprunter jusqu'au dernier écu d'or et vous donner ma couronne ducale pour gage

— Le difficile serait de la retirer plus tard, observa Landais froidement.

— Messire aime mieux qu'elle reste au trésor dont il a la clef, ajouta de Rohan.

Landais croisa les bras sans répondre.

Ce calme étudié augmenta sans doute l'irritation du duc, car il s'éloigna avec un mouvement d'impatience; et ayant aperçu Etienne, il l'appela.

— Eh bien! maître fou, dit-il, qu'as-tu donc à être ainsi triste et muet? Serais-tu par hasard, aujourd'hui, satisfait du gouvernement de notre duché?

Etienne comprit sans doute l'espèce d'encouragement que lui donnait le duc, car il jeta vers le ministre un regard qui semblait une déclaration de guerre.

— Pardon, dit-il d'un air sérieux; je rêve depuis huit jours d'une requête que je voudrais adresser à monseigneur Landais, et je n'ose.

— Pourquoi?

— Parce que je le sais trop porté à prendre pour être pressé de donner. Il y a un proverbe qui dit : *Quand les crapauds sont armuriers, les grenouilles portent l'épée;* mais il n'a point été inventé pour votre trésorier; il ne fait point partager sa fortune à ceux de son espèce. C'est ce que me disait encore ce matin un de ses anciens amis, Ivon, le tavernier de Saint-Efflam. Quoique manant et fripon, il n'a jamais pu rien obtenir du ministre.

— Ceci est grave, répliqua le comte de Rohan en souriant; que l'on refuse un Clisson ou un Rieux, à la bonne heure; mais un ancien confrère!...

— Savez-vous s'il n'en est pas pour l'ancien confrère comme pour les sires de Rieux ou de Clisson, dit Landais avec calme; et êtes-vous sûr qu'il n'ait point déjà reçu plus qu'il ne lui était dû? Je connais depuis longtemps ces ambitions qui se recommandent du hasard, non du mérite. Je suis pour Ivon ce que sont, pour les gentilshommes, leurs ancêtres; il se croit des titres parce qu'il m'a connu, comme d'autres parce qu'ils sont nés. Je l'ai rendu plus riche qu'il ne l'avait rêvé dans ses meilleurs jours; mais, tant que je le serai plus que lui, il se trouvera pauvre. Je sais, du reste, messires, que vous associez vos haines : l'auberge de mon ancien compère est devenue le rendez-vous de la noblesse, et maître Etienne m'y accable de ses bons mots. Heureusement que je m'en inquiète peu; ces plaisanteries sont des traits d'arbalète qui ne vont ni loin ni haut, et j'aime à voir la noblesse se complaire en guerre de paroles.

— Pour le vrai, nous vidions naguère nos différends d'une autre façon, dit Etienne; mais ce n'est pas notre faute si tout est changé à la cour de monseigneur, et si aux coups d'épée des gentilshommes il a fallu substituer des coups d'aiguilles de tailleur.

Le duc ne put s'empêcher de sourire, et tous les courtisans l'imitèrent; Landais rougit légèrement.

— Je m'émerveille combien la folie de messire Etienne est chose ingénieuse, dit-il, commode surtout. Il en a fait un bouclier derrière lequel il peut attaquer en sûreté.

— Voyons ta requête, maître fou, interrompit François, car tu ne l'as point encore fait connaître.

— Je souhaiterais un privilége de marchand pour notre bonne ville de Nantes, répondit le fou.

— De marchand?

— Oui, monseigneur.

— Et quel commerce prétends-tu faire?

— Je compte ouvrir boutique de noblesse.

François le regarda étonné.

— Et pour qui cela? demanda-t-il.

— Pour les protégés de messire Landais qui, ayant fortune, emplois et crédit, n'ont plus besoin désormais que d'être gentilshommes.

Le duc éprouva quelque embarras; mais, ne voulant point le laisser paraître, il s'efforça de sourire.

— Ainsi, dit-il, te voilà devenu subitement de bouffon généalogiste.

— Messire ne s'est-il pas fait de tailleur ministre, répliqua Etienne en désignant Landais. J'apporte d'ailleurs une preuve de ma science, monseigneur.

— Qu'est-ce donc?

— La généalogie de votre trésorier; je la prends au Paradis terrestre, et je prouve que messire...

— Descend d'Adam? interrompit François.

— Non, monseigneur... du serpent.

Un rire général s'éleva; Landais fit un geste de dédain amer.

— Ne vous faites faute de joie, messires, dit-il, mais soyez généreux pour qui vous amuse!... Largesse au fou!

Et plongeant la main dans son escarcelle, il en retira une poignée de *plaques* et de *gros nantais*, qu'il jeta à Etienne.

Les rires s'arrêtèrent aussitôt; le fou avait tressailli et était devenu pâle; mais ce fut un éclair. Il se baissa presque aussitôt en souriant, ramassa l'argent qui était à ses pieds, et, le présentant au duc :

— Jésus a ordonné de rendre à César ce qui lui appartenait, dit-il; ceci est autant de sauvé des revenus de monseigneur.

François prit l'argent avec une gaîté forcée et le donna aux pages en leur recommandant de prier pour que messire Etienne recouvrât la raison.

Sa colère contre le trésorier était déjà dissipée, et il regrettait d'avoir encouragé les attaques de messire Chauvin, dont il sentait qu'une part lui revenait à lui-même. Pour y couper court, il se fit présenter le capitaine Trégus, et l'interrogea sur la France qu'il venait de visiter. Il parla ensuite au vicomte de Rohan de ses dettes, à Clisson de ses procès, au sire de Laval de ses meutes, et finit par les congédier, en leur annonçant de nouveau *des jeux de chevalerie* pour la semaine suivante.

V

Le duc ne put se trouver seul avec le trésorier sans éprouver une sorte de gêne craintive. Telle était l'insouciance et la mollesse de cette nature que chacune de ses révoltes contre la domination du tailleur avait pour résultat de rendre celle-ci plus complète.

Dans la pensée que le ministre allait lui reprocher les affronts auxquels il venait de l'exposer, il fit comme tous les êtres faibles et prévint les reproches par la mauvaise humeur. Landais eut l'air de n'y point prendre garde.

Le duc, visiblement mécontent, s'était assis près d'une table et feuilletait le livre du poëte nantais Meschinot, intitulé : *les Lunettes des Princes*, qui venait d'être imprimé ; cela dura quelque temps.

— Pardieu, dit-il enfin en rejetant le volume, j'ai eu tort de ne pas me faire dire aujourd'hui une grand' messe, cela m'eût au moins occupé deux grandes heures... Que vais-je faire de cette journée de pluie et de brouillard?

— Monseigneur veut-il prendre connaissance des nouvelles de France ? demanda Landais froidement.

— Voyons, dit le duc en bâillant, autant cet ennui qu'un autre. Que fait Sa Majesté Louis XI ? est-elle toujours à élever des potences et à bâtir des chapelles ?

— Le roi est occupé à rassembler vingt mille hommes de pied et quinze cents hommes d'armes, répondit Landais.

— Que dis-tu ?

— Une partie est déjà réunie au Pont-de-l'Arche.

— Et que compte-t-il faire d'une si grosse armée ?

— On l'ignore.

François se leva vivement.

— Par le Christ ! Sa Majesté voudrait-elle encore me surprendre et me larronner mon duché? s'écria-t-il.

— Ce n'est pas tout, reprit Landais avec la même tranquillité ; les cuirasses et autres armures que monseigneur faisait venir de Milan, sous apparence d'étoffes de soie, ont été arrêtées en Auvergne et confisquées par le roi.

— Et tu m'annonces de pareils désastres de cet air ? s'écria le duc que l'immobilité du trésorier irritait.

— Parce que ce sont les moindres, reprit Landais.

— Comment cela ?

— Les gentilshommes conspirent contre vous, et font alliance avec la France.

— D'où le sais-tu?

— Par des lettres des sires de Ville-Blanche, de Maupertuis, et du prince d'Orange lui-même, qui s'engagent à exclure de la succession du duché les deux filles de monseigneur.

— C'est impossible ! s'écria François.

— Regardez, dit Landais.

Il présenta au duc plusieurs lettres qui avaient été surprises ou achetées par les espions qu'il entretenait en France : il suffit à François de les parcourir pour s'assurer de la vérité de ce que le trésorier venait d'avancer.

Son premier mouvement fut de surprise et de colère; mais le découragement y succéda aussitôt. Pour résister aux Français, il eût fallu réunir le ban et l'arrière-ban de Bretagne, et, outre que le temps manquait, la conspiration des gentilshommes rendait cette ressource vaine, puisque eux seuls pouvaient défendre le pays. Trahi au dedans, près d'être attaqué au dehors, sans argent et sans armes, aucun espoir ne semblait donc permis au duc.

Il comprit toute l'étendue du danger avec cette promptitude d'intelligence que donne l'effroi ; il en demeura comme anéanti.

Landais parut enfin avoir pitié de son abattement.

— Tout peut encore être réparé, monseigneur, dit-il.

Le duc leva la tête comme un enfant à qui l'on annonce sa grâce.

— Et par quel moyen ? demanda-t-il incertain.

— Avec du courage et de l'adresse.

La figure de François, un instant éclaircie, s'assombrit de nouveau ; il haussa les épaules.

— Ne sais-tu pas que nous pouvons réunir à peine cinq mille archers? dit-il.

— Nous les joindrons aux dix mille soldats que nous enverra le roi d'Angleterre.

— Le roi d'Angleterre?

— En voici la promesse, signée de lui.

Le duc poussa une exclamation de joie ; puis se ravisant :

— Mais les gentilshommes? dit-il.

— Nous connaissons leurs projets et pouvons les prévenir.

— Qui sait s'ils n'y renonceront point? observa François, craignant déjà que le trésorier ne sollicitât quelque mesure énergique.

— En tout cas, nous devons attendre, reprit Landais. Tous les noms du complot ne nous sont point connus ; laissons le filet tendu aux mécontents : quand il sera plein nous tirerons à nous.

— Soit, dit le duc, que l'assurance du tailleur avait déjà rassuré et qui se trouvait trop heureux de n'avoir point à prendre de résolution immédiate ; fais à ta guise, maître, j'ai en toi toute foi et toute espérance.

Landais s'inclina.

— Je tâcherai d'en être digne, monseigneur ; mais le danger chassé aujourd'hui reviendra tant que la noblesse aura dans sa main le duché. Regardez bien que vous dépendez d'elle sans qu'elle dépende de vous. Vous tenez vos grands vassaux à la chaîne, mais c'est comme un chasseur qui mènerait en laisse des lions ; ce n'est pas vous qui les conduisez, vous êtes entraîné par eux. Rien ne sera sûr jusqu'à ce que vous soyez sorti de cette tutelle.

— Et par quel moyen, maître?

— En appelant la bourgeoisie à vous, monseigneur ; en lui donnant votre puissance à défendre.

Le duc sourit.

— Vive Dieu ! maître Landais, dit-il, vous chantez toujours même antienne : voilà dix ans que je vous accorde sans cesse nouveaux priviléges pour nos bourgeois, sans y avoir rien gagné, que je sache.

— Pardon, monseigneur ; pour bâtir quelque chose de nouveau par le monde, c'est la patience qui doit servir de ciment ; mais tout va bien !...

François haussa les épaules d'un air d'incrédulité.

— Ah ! ne doutez point, reprit Landais, mais regardez plutôt ! Il n'y a pas encore longtemps que la peste, la famine et les brigandages faisaient souffrir au duché grand dommage ; aujourd'hui la peste est enfermée dans les ladreries, les meules de blé couvrent la campagne, et les routiers ont été pendus ou convertis. Ce n'est pas tout : les écoles vont se multipliant, comme le pain que Jésus donnait à son peuple. Il ne sera plus bientôt fils de bonne mère qui ne sache lire, et grâce à l'art miraculeux qui nous est venu d'Allemagne, au lieu d'aller feuilleter l'unique exemplaire du *livre saint*, enchaîné à l'autel, chacun l'aura chez soi avec les Coutumes de Bretagne ; de telle sorte que nul ne pourra plus pécher contre Dieu ni contre la loi par ignorance.

Le trésorier parlait d'une voix animée ; mais le duc, qui s'était rapproché de la table et examinait de nouveaux *déguisements* peints par son *imagier*, n'écoutait déjà plus. Landais, préoccupé de son idée, ne le remarqua point, et alla à une fenêtre qu'il ouvrit :

— Voyez, monseigneur, reprit-il avec une chaleur croissante : les murailles de votre bonne ville de Nantes tombaient dans les fossés ; vos bourgeois vous les ont relevées de leurs deniers ; ils viennent de les garnir de canons et de boulets ; eux-mêmes quittent une fois par semaine l'outil et la balance pour apprendre le métier des armes. La bête de somme devient un coursier de guerre. Ah ! encore un peu de temps, et puisque votre noblesse vous abandonne, qu'elle se révolte, vous pourrez lui opposer une armée qui combattra en même temps pour elle et pour vous !

— Charmant ! murmura le duc, qui tenait à la main une des peintures de l'*imagier* ; regardez, maître : le velours nacarat avec les crevées de satin blanc ; je veux avoir ce pourpoint pour le prochain bal...

Et comme le trésorier, immobile de surprise et de désappointement, ne regardait rien :

— Allez toujours, continua-t-il en éloignant de ses yeux la peinture pour en mieux juger l'ensemble ; allez, maître, je vous écoute... Vous disiez...

— Je disais, monseigneur, répondit Landais avec une amertume profonde, que l'histoire qui juge les princes par ce qui a été accompli sous leur règne, vous donnera, j'espère, le nom de Grand.

Le duc n'entendit ou ne comprit point. Ses yeux venaient de tomber sur la fenêtre à travers laquelle glissait un rayon de soleil : il s'en approcha ; le voile de pluie qui, un instant auparavant, enveloppait la ville, venait de s'entr'ouvrir, et l'horizon s'éclairait au loin d'une joyeuse lueur.

— Mon fauconnier avait raison, s'écria François, le brouillard se lève et voilà le ciel redevenu aussi bleu que l'œil d'une dame d'outre-mer ; je pourrai faire ma promenade accoutumée sur la Loire.

Puis, se reprenant tout à coup :

— Dieu me sauve ! dit-il, je veux faire une chevauchée jusqu'à ma bonne ville d'Ancenis.

— Il est tard, observa Landais.

— Qu'importe ! nous reviendrons de nuit, par eau ; c'est une joie du paradis de descendre le fleuve à demi endormi et avec des étoiles sur sa tête. Vous nous accompagnerez, maître ?

— Que monseigneur m'excuse, répondit le ministre, je dois voir les envoyés du roi d'Angleterre.

— C'est bien, répliqua François rapidement ; j'irai seul avec Coëtquen alors.

Il allait sortir lorsque Landais l'arrêta.

— Pardon, dit-il, tout n'est point achevé.

— Encore ! s'écria le duc impatienté.

— Il faudrait votre nom au bas de ce parchemin.

— Plus tard !

— C'est un traité de commerce avec la Suède, monseigneur ; il enrichira la Bretagne ; je le prépare depuis cinq années.

— Alors il peut bien attendre un jour de plus.

— Les envoyés sont ici depuis longtemps et veulent partir.

— Qu'ils partent.

— Mais, monseigneur...

— Assez, s'écria le duc avec colère ; vive Dieu ! ne serai-je donc jamais maître de mes heures, et viendrez-vous toujours déranger ma joie ?

Landais recula.

— Pardon, dit-il avec une feinte humilité ; si je pressais tant monseigneur, c'est que, grâce à ce traité, il eût pu se procurer en abondance les cuirs parfumés et les riches pelleteries du Nord qu'il aime tant.

Francois, qui allait franchir le seuil, s'arrêta.

— Est-ce vrai ? dit-il..... Au fait, je n'y pensais pas..... ce traité est important..... donne.

Il signa, et sortit.

— Va à ton plaisir, cœur sans royauté, murmura Landais en le regardant partir..... Je gouvernerai, moi !

VI

La fille de Landais était pensivement accoudée à l'étroite fenêtre de son retrait, promenant les yeux avec distraction sur la prairie de Mauve, la Loire et les coteaux de Saint-Sébastien qui serpentaient à l'horizon, quand son nom, prononcé près d'elle, la fit sortir de sa rêverie.

Elle se retourna et aperçut son père.

— Eh bien ! Marie, dit le trésorier, tu ne m'entendais pas ?

— Je regardais ! répondit la jeune fille en rougissant.

Landais lui prit la main.

— J'avais une heure à moi, reprit-il doucement, j'en ai profité pour venir. Depuis un mois que tu es ici, j'ai pu te parler à peine ; nous ne nous connaissons point encore. Voyons, Mariette, veux-tu que nous causions ?

La jeune fille s'empressa d'avancer un siége à son père ; celui-ci, à son tour, lui montra un tabouret, et elle vint s'asseoir à ses pieds.

Pierre fut quelques instants sans parler, la main posée sur la tête de Marie ; enfin il l'attira à lui et la baisa sur les cheveux avec une indicible tendresse.

— Mon père ! dit la jeune fille d'un accent ému et caressant.

— Enfin, dit-il, tu oses lever les yeux sur moi.

Et voyant qu'elle semblait embarrassée :

— Oh ! ce n'est point un reproche, reprit-il doucement ; ne sais-je pas que je suis pour toi presque un étranger ? Quand ma sœur Olivette est morte, il a fallu te confier aux dames d'Auray. Qu'aurais-je fait de toi ici, seul comme j'étais, occupé à éviter les piéges, et toujours en angoisses ? Les saintes femmes ont été ta véritable famille, et leur couvent ta maison. Tu dois les aimer plus que moi. C'est justice : l'abbesse s'est montrée pour toi comme une mère ; je ne l'oublierai point et je veux dès aujourd'hui récompenser ce qu'elle a fait. Tu lui enverras ces titres. C'est une nouvelle dotation qui enrichit sa communauté. Le chapelain qui t'a instruite aura la cure de Guingamp, qui vaut un évêché ; tous ceux qui t'ont aimée sont mes amis. J'ai même pensé à ce jeune homme qui t'apprenait à chanter.

— Albert !... interrompit la jeune fille en tressaillant.

— Je viens d'écrire aux moines qui l'ont élevé, pour qu'ils nous l'envoient ; je le placerai ici et je veillerai à sa fortune. Il faut que ton souvenir soit une bénédiction pour tous ceux qui t'ont connue.

Marie se jeta dans les bras de son père pour le remercier.

— Ah ! tu ne sais pas combien je t'aime, dit celui-ci en la tenant serrée contre lui ; sans toi, vois-tu, je ne voudrais plus de rien ; je connais trop les hommes pour ne pas être triste jusqu'à la mort ! Mais toi, tu me recommences la vie ! Quand tu me regardes, quand tu me souris, ton sourire et ton regard me coulent au cœur comme deux rayons de jeunesse.

Il la baisa au front, et une larme vint au bord de sa paupière.

— Mais, voyons, ajouta-t-il ; nous avons dit que nous causerions d'amitié !... et je ne te parle que de ma tendresse... Parlons de toi... ouvre-moi ton cœur. Voyons, Marie, réponds sans feinte : quand tu vivais là-bas au fond de ton couvent, tu rêvais comme tous ceux qui sont jeunes ; tu t'arrangeais un avenir à ta fantaisie... dis-moi, que désirais tu ?

Marie baissa la tête, surprise de la question et n'osant répondre.

— Parle sans peur, reprit Landais, comme à un frère de

ton âge : quand on aime, on ne vieillit pas ; tu songeais, je parie, aux ébats du monde, tu enviais le sort des princes qui ont tous les plaisirs pour serviteurs, et achètent la joie comme d'autres le pain noir qui les nourrit ; tu entendais, en dormant, les vielles et les rebecs du bal ?

La jeune fille secoua la tête.

— Je pensais, au contraire, dit-elle doucement, que pour être heureux il faut tenir peu de place, vivre tout bas, s'aimer beaucoup, et que Dieu faisait le reste.

— Ainsi tu ne désires rien ? demanda Landais surpris.

— J'aurais désiré avoir une famille pour vivre avec elle dans quelque manoir neuf, entouré d'arbres et de *placitres* verts.

— Mais tu as pourtant envié parfois la puissance ? Tu es femme enfin ; tu as désiré des parures, des louanges, des fêtes ?...

Marie sourit.

— Qu'est-ce que tout cela, sinon du bruit autour de notre cœur ? dit-elle.

Landais se leva vivement ; il venait d'entrevoir pour la première fois que sa fille pourrait ne pas comprendre le bonheur comme lui ; mais il repoussa de toutes les forces de sa volonté cette pensée qui eût condamné ses efforts de quinze années.

— Tu te trompes, dit-il avec agitation ; tu t'es mal interrogée toi-même. Nous avons tous envie de ce qui est élevé ; l'obscurité, c'est la faiblesse, et la faiblesse sur la terre, c'est le malheur !

— Je suis née pour vous croire et pour vous obéir, dit Marie avec soumission.

— Laisse-moi faire ton sort, enfant, reprit Landais après un silence ; les vieux ont la prudence ! J'ai tout préparé pour ton avenir ; encore quelques mois, et la mort même ne pourra rien déranger à mes plans, car avant de quitter la terre, je t'aurai donné un protecteur qui fera de toi une noble et puissante dame ; je l'ai déjà choisi.

— Que dites-vous, mon père ? s'écria Marie.

Le trésorier lui imposa silence de la main, en souriant.

— Nous causerons de cela une autre fois, dit-il ; mon secrétaire Guegen m'attend. Au revoir, mon enfant ; vis joyeusement et abandonne-toi à ton père.

Il lui fit encore quelques caresses et se retira.

Mais ce qu'il venait de dire avait profondément ému la jeune fille. Ce projet de mariage et d'élévation ruinait en effet ses plus chères espérances. Si les séductions de la cour avaient été sans pouvoir sur elle, et si nulle idée d'ambition ou d'orgueil ne s'était éveillée dans cette jeune âme, c'est qu'un autre sentiment la remplissait tout entière : elle aimait Albert !

Dire quel charme l'avait attirée, elle fille du trésorier, vers le pauvre novice chargé de lui enseigner le chant : par quelle fatalité ces deux cœurs naïfs s'étaient, pour ainsi dire, rencontrés dans leurs aspirations ; quels combats du côté d'Albert, quelle tendre compassion de celui de Marie : comment le secret longtemps retenu avait échappé à tous deux dans une crise de larmes..... à quoi bon !... . qui ne connait les mille incidents de ce roman, toujours le même, et toujours si nouveau à recommencer ?

Marie s'était livrée à son amour avec une confiance joyeuse (les heureux craignent si difficilement l'avenir !), Albert avec plus de regret et de défiance. Déshérité de joie, il s'était accoutumé de bonne heure à regarder la vie en ennemie et à ne point croire à ses allèchements. Marie seule savait lui redonner du courage. Il l'écoutait comme un ange qui promet au nom de Dieu.

Malheureusement le trésorier était venu subitement l'enlever du couvent, et la jeune fille était partie sans pouvoir même en prévenir Albert. On juge de sa joie lorsque son père lui avait annoncé la prochaine arrivée du jeune homme, et l'intention de le protéger ; mais l'effet de cette nouvelle avait été détruit par l'avertissement d'un prochain mariage. Dès que la puissance et le rang devaient décider, que pouvait espérer un orphelin élevé par la charité des moines, et qui n'avait même pas de nom ? Le choix du trésorier était fait d'ailleurs, il l'avait assez claire-ment exprimé ! Marie sentit crouler dans son cœur tout l'édifice de bonheur qu'elle y avait bâti, et, saisie d'une désolation profonde, elle se mit à pleurer.

Dans ce moment, une jeune fille portant le costume d'Auray entra vivement.

— Maîtresse ! s'écria-t-elle, il est ici.

— Qui ? demanda Marie en tressaillant

— Lui...

— Messire Albert ?

— Je l'ai vu.

La jeune fille se leva tout émue.

— Quand ? comment ? où cela ? demanda-t-elle.

— Tout à l'heure, sous la tourelle du château. Je lui ai fait signe et il m'a reconnue, car il s'est élancé vers la porte.

— On l'a repoussé ?

— Non, il a montré je ne sais quel parchemin, et il est entré.

— Où est-il ?

— Il montait l'escalier..... il vous cherche sans doute ;..... écoutez, c'est sa voix... il parle à Catherine.

— Dieu ! si mon père le rencontrait !

La jeune Bretonne sortit vivement, et reparut bientôt avec l'orphelin d'Auray.

A la vue de Marie celui-ci s'arrêta, comme saisi de bonheur et de crainte ; la suivante s'éclipsa.

— Vous ici ! dit Marie, d'une voix que la joie rendait tremblante.

— Eh ! ne m'attendiez-vous pas ? demanda le jeune homme.

Elle rougit.

— Je n'osais, répondit-elle, et cependant je venais d'apprendre que mon père avait écrit pour vous faire venir.

— Oui, mais ils voulaient me retenir au couvent ; j'ignore pourquoi. Alors je suis parti sans les avertir, de nuit, à pied, traversant les bois, les montagnes, les vallées, au hasard. Quand je rencontrais des pâtres, je leur criais : *Nantes !*... Ils m'indiquaient du doigt, et j'allais, j'allais nuit et jour sans m'arrêter, jusqu'à ce qu'un d'eux m'eût dit, en me montrant une ville à l'horizon : C'est là !

La jeune fille jeta sur Albert un regard plein de reconnaissance.

— Que de fatigue ! dit-elle.

— Je n'y pensais pas, répondit le jeune homme, et maintenant... oh ! maintenant, je suis heureux comme dans le ciel.

Marie rougit, puis le souvenir de l'entretien qu'elle avait eu un instant auparavant avec son père lui revint ; elle regarda le novice. et se sentit près de fondre en larmes.

— Pauvre Albert ! murmura-t-elle.

Celui-ci ne fut frappé que de ce qu'il y avait de tendresse dans l'accent de la jeune fille. Il fit un pas vers elle, et lui prit la main.

— Ne me plaignez pas, dit-il, rien ne me manque, puisque je vous vois. Ah ! jamais je n'avais éprouvé autant de joie qu'aujourd'hui. J'ai apporté la lettre que votre père écrivait pour me faire venir ; elle m'a déjà servi à pénétrer jusqu'ici ; puisqu'il me protége, je puis tout espérer.

— Dieu vous entende ! dit Marie ; mais mon père est-il le seul que vous connaissiez ? N'avez-vous à Nantes ni protecteurs ni amis ?

— Aucun ! répondit le jeune homme ; je ne connais au monde que les moines qui m'ont élevé et messire Arthur.

— L'étranger qui venait de loin en loin vous voir au couvent ?

— Lui-même.

— Mais ce messire Arthur n'est-il point un parent qui se cache ?

— Je l'ai cru un instant ; lui-même m'a détrompé en m'apprenant qu'il m'avait recueilli sur le seuil de l'église et confié aux religieux d'Auray. Je lui dois [illegible] non comme à un père, mais comme à un [illegible].

— Et quel nom habite-t-il [illegible] ?

— Je l'ignore.

Marie demeura pensive. Les cœurs aimants attendent toujours des miracles; elle avait souvent espéré qu'une découverte inattendue donnerait à Albert un rang et une famille. A cette époque d'intrigues, de trahisons et d'embûches, où le coup qui frappait le père atteignait le fils, c'était chose presque vulgaire que ces romanesques retours. Chaque noble rejeton d'une famille en disgrâce cherchait son salut sous la bure du manant ou le froc du moine, et toute obscurité dans la naissance pouvait, sans trop d'effort d'imagination, passer pour un mystère que le temps ferait découvrir. Cependant les détails donnés par Albert laissaient peu d'espérance. Marie allait l'interroger de nouveau, lorsque la jeune Bretonne rentra effrayée en annonçant le trésorier.

Les deux amants avaient eu à peine le temps de s'éloigner l'un de l'autre, lorsque celui-ci entra.

A l'aspect d'Albert, il s'arrêta étonné.

— Messire Albert a reçu votre lettre, dit vivement Marie.

— La voici, ajouta le jeune homme en voulant la chercher.

Landais l'arrêta d'un geste, et s'adressant à la jeune fille :

— La duchesse douairière veut vous voir à l'instant, dit-il; faites qu'elle n'attende pas.

Marie salua et sortit.

Landais, qui semblait préoccupé, fit deux ou trois fois le tour du retrait; puis, paraissant se rappeler qu'il n'était point seul, il s'arrêta devant le jeune homme :

— Ainsi, dit-il, vous vous êtes décidé sans trop de regret à quitter le couvent?

— Avec grand contentement, messire.

Le ministre sourit.

— Oui, murmura-t-il, à votre âge on aime tout ce qui est nouveau. Tous les lieux sont beaux d'ailleurs; nous portons en nous-mêmes l'air et le soleil; mais plus tard...

Il s'interrompit, et recommença à marcher.

— Avez-vous quelque projet? demanda-t-il à Albert après un silence.

— Aucun, messire.

— De sorte que vous accepteriez toute charge?

— Pourvu qu'elle n'eût rien de honteux, et qu'elle pût servir à mon avancement.

Landais le regarda fixement.

— Seriez-vous ambitieux, enfant? demanda-t-il.

— Oui, messire.

— Et savez-vous ce qu'il faut pour réussir?

— Ce qu'il faut pour vivre : souffrir et attendre.

— Vous vous sentez donc bien fort?

— J'ai un but.

Le trésorier lui frappa sur l'épaule de la main.

— Vous êtes à moi, dit-il sérieusement.

Avant qu'Albert eût pu remercier, la portière se leva de nouveau, et le secrétaire de Landais entra.

— Eh bien! Jacques? s'écria le ministre en courant à lui.

— Claude Kerru vient d'être arrêté, répondit le secrétaire.

— Et que portait-il?

— Cette missive adressée à messire de Rohan.

Landais saisit la lettre que Jacques lui présentait; il allait en briser le scel, lorsqu'il s'arrêta tout à coup, et se tournant vers Albert :

— C'est chose conclue, dit-il en le congédiant, revenez demain, maître; il y aura une place prête pour vous.

En quittant le trésorier, Albert remonta vers le quartier de Richebourg. Son entrevue avec Marie l'avait ému jusqu'au fond du cœur. Il emportait l'impression du sourire, du regard et de l'accent de la jeune fille, comme un avare le trésor qu'il vient de découvrir, et il sentait le besoin d'être seul pour faire la revue de ces richesses nouvelles. Gagnant la prairie de Mauve, il s'assit sous un des saules immenses qui la bordaient alors, et se laissa aller à tous les enchantements de ses souvenirs.

Devant lui s'étendaient les rustiques coteaux de Saint-Sébastien, tout bordés de pampres et de haies vives, et plus bas, les îles verdoyantes autour desquelles soupirait la Loire.

Il fut arraché de sa rêverie par un bruit de pas à travers l'herbe froissée : deux hommes s'approchaient en causant, il crut reconnaître une des voix, et se leva. Messire Trevecar et Etienne Chauvin se trouvèrent devant lui.

Le jeune homme et ce dernier poussèrent en même temps un cri de surprise.

— Albert!

— Messire Arthur!

— Silence! dit le fou, en saisissant le bras de l'orphelin et en l'entraînant à l'écart, on m'appelle ici Etienne Chauvin.

— Vous!

— Mais pourquoi as-tu quitté le couvent? comment te trouves-tu à Nantes? qu'y viens-tu faire?

Albert raconta en peu de mots ce qui lui était arrivé, en ayant soin de taire les détails qui eussent pu faire soupçonner son amour.

— Et le ministre t'a promis un emploi? demanda Etienne stupéfait.

— Je dois en prendre possession demain.

Chauvin demeura un instant pensif.

— Suis-nous, dit-il enfin brusquement à Albert; nous verrons plus tard ce que tu dois faire.

— Ils rejoignirent Trevecar, qui venait d'entrer dans une *toue* attachée aux saules; les deux gentilshommes prirent une rame et dirigèrent la barque vers la prairie de la Grande-Biesse.

— Messire de Rohan ne doit-il pas nous retrouver chez maître Yvon? demanda Trevecar à demi-voix.

— Aussitôt que le messager qui lui apporte la réponse de Rennes sera arrivé.

— Pourvu qu'il échappe aux espions du trésorier!

— Il n'y a rien à craindre; Claude Kerru est adroit et sûr.

— Claude Kerru, dit Albert en tressaillant; mais il vient d'être arrêté.

Les rames restèrent immobiles aux mains d'Etienne et de Trevecar.

— Arrêté? s'écrièrent-ils tous deux en même temps.

— Le secrétaire du trésorier l'a annoncé tout à l'heure.

— Et les lettres dont il était porteur?

— Ont été remises à messire Landais devant moi.

Les deux gentilshommes se jetèrent un regard consterné.

— Tout est perdu alors, s'écria Etienne, Landais sait tout et s'occupe déjà sans doute de notre arrestation!

— Que dites-vous? interrompit Albert effrayé.

— Et sais-tu s'il a donné des ordres, s'il s'est rendu chez le duc?

— Le duc est absent, observa Trevecar.

— Absent? répéta Etienne.

— Il ne doit revenir d'Ancenis que dans la nuit, et avant son retour il nous reste le temps de fuir.

— Peut-être, s'écria le fou en se levant. La suite du duc est-elle nombreuse?

— Quelques valets et quelques archers, ainsi que d'habitude.

Etienne porta la main à son front, comme si une espérance subite eût traversé sa pensée!

— Alors tout peut encore se réparer, dit-il; le vicomte de Rohan est au manége de Richebourg, avec une vingtaine des nôtres; retournons vers eux...

— Que voulez-vous faire?

— Virez, messire, virez; il y va du succès et de notre vie à tous.

En parlant ainsi, Chauvin avait fait tourner la barque qu'il ramena à la prairie de Mauve. Tous trois mirent pied à terre.

— Vite chez le vicomte, maintenant, messire Trevecar! s'écria Etienne.

Et se tournant vers Albert :

— Suis-nous, ajouta-t-il ; c'est Dieu qui t'a envoyé ; il faut que tu gagnes aujourd'hui tes éperons.

VII

Cependant les lettres saisies sur Claude Kerru étaient loin d'avoir appris à Landais tout ce qu'il eût désiré savoir. Elles donnaient bien quelques nouveaux détails sur ce complot de la noblesse que le trésorier connaissait depuis longtemps ; elles nommaient les chefs, révélaient l'approche du danger, mais sans parler des moyens ni du jour choisi.

Landais ne pouvait cependant rien prévenir sans ces renseignements. Par ruse ou violence, il fallait qu'il les obtînt ; mais à qui s'adresser?

Il pensa à son ancien compère, Yvon, devenu propriétaire de la taverne de Saint-Efflam, et dont la maison servait de rendez-vous aux conjurés. Mais s'il le faisait mander, il était à craindre que le tailleur ne se tînt sur ses gardes et ne le trompât ; sa présence au château pouvait d'ailleurs être connue des gentilshommes, et éveiller leurs soupçons ; il se décida donc à se rendre lui-même, le soir, secrètement, chez Yvon Cosquer.

La taverne de celui-ci était située au coin de la rue de Grande-Biesse, entre le pont de la Madeleine et celui de Toussaint. Bâtie au niveau de la route de Poitou, que regardait sa façade, elle s'élevait, par derrière, au-dessus de la Loire, de manière à ne rien craindre de ses inondations. On apercevait, de ce côté, une petite porte pratiquée vers le milieu du mur, et sous laquelle se dressait un escalier de bois sans balustrade, dont le pied baignait dans le fleuve ; mais, hors cette entrée à laquelle on ne pouvait arriver qu'en bateau, toutes les ouvertures avaient été percées du côté du chemin.

Yvon tenait cette taverne de la générosité du trésorier, qui la lui avait achetée de ses deniers. On avait même pu voir bien des fois, après l'heure du couvre-feu et lorsque les buveurs s'étaient retirés, une barque s'arrêter au pied de l'escalier de bois, et l'ancien tailleur entrer furtivement chez son compère.

Il venait l'interroger sur ce qu'il avait entendu dire aux buveurs réunis dans sa taverne, s'informer des plaintes ou des désirs de la foule, et deviner, par suite, ce qu'il pouvait oser.

Ainsi interrogé, Yvon se crut nécessaire. Ses prétentions devinrent chaque jour plus nombreuses, et forcèrent enfin le trésorier à des refus, puis enfin à une rupture.

L'avarice trompée de l'ancien tailleur se tourna aussitôt en haine, et il commença à se plaindre amèrement de Landais. En apprenant qu'il y avait à Nantes un cabaretier autrefois compagnon du trésorier, la noblesse accourut. Yvon fut entouré, questionné. On se plut à l'entendre raconter les commencements du tailleur devenu ministre. L'orgueil des gentilshommes, si rudement froissé par Landais, trouvait dans ces récits une sorte de compensation : ils se montraient l'un à l'autre l'ignoble tavernier qu'ils avaient sous les yeux, en répétant avec mépris : — C'est l'ancien compère du trésorier. Et il leur semblait que ce mépris rejaillissait sur ce dernier.

Par ce moyen, l'auberge d'Yvon était insensiblement devenue le lieu de rendez-vous de la noblesse ; puis, plus tard, le quartier-général de la conspiration. Trevecar et Etienne s'y rendaient lorsque les révélations d'Albert leur avaient fait rebrousser chemin.

Au moment où nous reprenons notre récit, il faisait déjà nuit depuis longtemps : plusieurs gentilshommes étaient réunis à l'auberge de Saint-Efflam. Ils occupaient une table à part, au fond de la salle, presque entièrement remplie de moines, de bateliers et de marchands. Parmi eux se trouvait messire Trégus, qui leur racontait ses guerres, ses amours, ses voyages, et leur vantait la bière d'Allemagne, tout en vidant les pots de muscadet d'Anjou.

Il venait d'achever une description tant soit peu fabuleuse de Bruges et de Gand, que l'on appelait alors, par excellence, les *grandes villes*, lorsqu'une contestation élevée entre un voyageur et le tavernier détourna l'attention de ses auditeurs.

— Je veux trente sous bourgeois, disait Ivon.

— Tu n'en auras que vingt-quatre, répondait l'étranger.

— Il me faut mon dû.

— Aussi te le donnerai-je. Vois plutôt l'ordonnance de messire Landais que tu as été forcé d'afficher là.

Et montrant un parchemin cloué au coin le plus obscur de la taverne, il lut :

L'homme de cheval, servi de vin d'amont et autres bons vins, de chapons, lapereaux, perdrix et autre gibier, selon les temps, bœuf, mouton, veau, lard, et son cheval de cinq mesures d'avoine,

Pour un jour, vingt-quatre sous.

Encore aura-t-il, sur le tout, droit à un morceau de pain, un coup à boire au matin, et à deux fagots.

— Rallume donc ce feu, ajouta le voyageur ; fais remplir mon verre, et prends ce que je te donne.

Il jeta sur la table les vingt-quatre sous bourgeois, puis se rassit près du foyer.

Ivon s'éloigna.

— Toujours messire Landais, grommela-t-il ; tout le monde maintenant connaît les ordonnances. On ne veut payer que ce que l'on doit ; il n'y a plus moyen aux honnêtes gens de vivre...

Messire Trégus, qui avait écouté le débat, se tourna vers lui :

— Pardieu ! maître, dit-il, le ministre est universel ! Il a donc fait aussi un règlement pour aider à la conscience des aubergistes?

Ivon trembla que les gentilshommes ne voulussent également payer d'après le tarif.

— Oui, messire, balbutia-t-il ; oui, mais la noblesse n'y a jamais pris garde : payer les prix indiqués par le trésorier, ce serait avoir l'air de lui obéir ; nosseigneurs se respectent trop pour cela.

Et se rapprochant :

— Voyez-vous, messire, ajouta-t-il confidentiellement, c'est contre moi que cette ordonnance a été faite. Landais est mon ennemi ; il a voulu me ruiner !..... et cependant nous avons travaillé dix ans sur le même établi ! Mais Pierre est ingrat comme la vipère : donnez-lui de la chaleur, il vous rendra du poison.

— Ainsi il a rompu avec toi depuis son élévation ? demanda Trégus.

— Et il a rejeté toutes mes requêtes ! répondit Ivon. Dieu sait pourtant si je lui en ai adressé. J'ai demandé tout ce qui pouvait être demandé : emplois, pensions, privilèges ! Savez-vous ce qu'il m'a toujours répondu ? Il faudrait avoir des droits. Je vous le demande, n'est-ce point la réponse d'un ennemi de la noblesse ?

— Tout ce que tu dis est vrai, interrompit le voyageur qui avait peu auparavant débattu le prix dû au tavernier ; seulement, maître, tu oublies d'ajouter que le trésorier t'a enrichi de sa fortune privée.

— Moi ! dit Ivon.

— Qu'il a payé deux cents écus d'or pour cette taverne.

— Comment !

— Qu'il a acheté en ton nom, pour mille angelots, la pièce de terre qui te donne le blé que tu manges, et la prairie où tu envoies ta vache paître.

— Mais, d'où savez-vous ?..

— Qu'il a enfin secouru ta sœur, que tu abandonnais, et fait dire des messes pour l'âme de ta mère, que tu laissais en purgatoire.

Ivon, complétement déconcerté, chercha à balbutier une réponse dans laquelle il s'embrouilla : les gentilshommes se mirent à rire.

— Pardieu! maître, s'écria Trégus, il paraît que cet étranger connaît ton histoire mieux que toi-même!

Le tavernier secoua la tête, et s'approchant des nobles :

— Silence, messires, dit-il tout bas; j'ai idée qu'il est prudent de ne point parler du trésorier devant lui.

— Pourquoi cela?

— Un homme qui ne veut payer que d'après le nouveau tarif, et qui calomnie les gens bien pensants comme moi, ça ne peut pas être grand'chose de bon.

— Quoi? tu penserais?...

Ivon fit un clignement d'yeux significatif.

— La Bretagne est pleine maintenant de gens qui ramassent les paroles de tout le monde, murmura-t-il.

— Que dis-tu? s'écria Trégus; ce serait un espion?

— Un espion! répétèrent vingt voix.

Et de tous côtés les buveurs se levèrent.

L'étranger, qui était demeuré devant le foyer, les pieds étendus sur les immenses chenets, se détourna.

— Où cela, un espion? demanda-t-il.

En voyant tous les regards fixés sur lui, il se leva d'un bond.

— Moi! s'écria-t-il; qui a dit cela?

Ses yeux rencontrèrent le visage inquiet du tavernier.

— Je gage que c'est toi, fils de Satan!

— C'est lui, dit Trégus.

Le voyageur saisit avec une exclamation de fureur le *penbas* qu'il avait posé sur la table près de lui; mais Ivon se réfugia derrière les gentilshommes.

— Ces seigneurs m'ont mal compris... balbutia-t-il.

— Il l'a dit... il a dit espion! répétèrent vingt voix.

L'inconnu étendit vers l'aubergiste son poing fermé.

— Lâche! reprit-il, n'osant m'attaquer, il veut que d'autres m'attaquent!..... Espion! parce que j'ai prouvé qu'il mentait. Mais lève la tête, vipère, si tu oses me regarder en face, et tâche de me reconnaître : je suis Guillaume Kermor, le franc-tenancier d'Elven.

— Kermor! répéta le tailleur en levant les yeux... en effet... maintenant je me rappelle...

Guillaume haussa les épaules, et passant à son poignet la courroie bariolée du *penbas* :

— Désormais, avant de parler, regarde autour de toi si nul ne sait la vérité, dit-il avec mépris.

Puis, se tournant vers les gentilshommes et touchant de la main son large chapeau :

— Dieu vous garde, messires, ajouta-t-il.

— Bon voyage, répondirent ceux-ci en riant.

Ivon salua jusqu'à terre, et rangea avec empressement les escabelles devant le passage du franc-tenancier; celui-ci l'écarta d'un signe.

— La Trinité vous conduise! soupira le tailleur d'un ton doucereux.

— Que Satan te brûle! répondit Guillaume en sortant.

Les gentilshommes devisaient encore de cette plaisante aventure, lorsque le couvre-feu sonna. Tous les buveurs fouillèrent à l'escarcelle pour régler leur compte et gagnèrent la rue.

— Devons-nous rester ou partir? demanda Trégus à voix basse.

— Sortez avec les autres, pour ne point éveiller les soupçons, répondit Ivon.

— Et l'on se réunit dans deux heures?

— A moins que vous ne voyiez à cette fenêtre une lumière pour signal; auquel cas il y aurait danger.

— Messire de Rohan m'en a averti.

Les derniers buveurs se préparaient à partir. Les gentilshommes ordonnèrent à leurs serviteurs d'allumer les torches et quittèrent la taverne.

Ivon referma après eux la porte avec force traverses de bois, éteignit le feu, compta sa recette en faisant sonner au fer du comptoir quelques écus douteux, et monta enfin dans la chambre qu'il occupait.

A peine avait-il quitté la salle commune, que la porte dérobée donnant sur la Loire s'ouvrit doucement, et qu'un homme y parut, tenant cachée, sous le pan de son manteau, une lanterne de corne : c'était Jacques Guibé.

Il s'avança avec précaution jusqu'au milieu de la salle, éleva la lumière pour mieux voir, et retournant enfin à la porte qui était demeurée entre-bâillée, il introduisit Pierre Landais.

— Il n'y a personne? demanda celui-ci en regardant autour de lui.

— Personne, messire, le couvre-feu a chassé les buveurs.

— Et Ivon?

— Je l'entends au-dessus.

— C'est bien... Retourne à la barque avec tes gens, et accourez au premier signal.

Guibé disparut par la petite porte. Landais allait monter, lorsque le tavernier parut au bas de son escalier.

A l'aspect du trésorier, il recula épouvanté.

— Pierre! s'écria-t-il.

— Tu ne m'attendais pas, dit Landais en souriant; mais puisque tu ne viens plus me voir, il faut bien que je fasse les avances.

Ivon regarda de tous côtés.

— Par où diable es-tu entré? demanda-t-il stupéfait.

— Par le même chemin qu'autrefois.

Le cabaretier se frappa le front.

— Je l'avais oublié... dit-il; tu as gardé la clef de la petite porte.

— On croirait que tu en es marri, dit Landais en le regardant fixement.

— Moi... qui te fait penser?...

— Je sais que tu me boudes depuis longtemps, compère; on dit même que tu m'en veux.

— Comment?

— Oui, tu amuses la noblesse du récit de mes premières misères; elle aime à t'entendre raconter que j'ai porté des haillons, que j'ai eu froid et faim. On me rappelle mes souffrances comme une honte, de peur que je ne les oublie. C'est pourtant chose imprudente aux bourreaux, de se montrer en riant les cicatrices de leur victime, quand celle-ci tient à son tour la corde de la potence.

Ivon balbutia quelques excuses embarrassées; Landais lui posa la main sur l'épaule.

— Tu oublies trop, compère, dit-il d'un accent incisif, que la Loire est profonde derrière ta taverne, et qu'il suffirait d'un sac de cuir à ta taille pour te rendre aussi muet que les poissons.

Cosquer fit un brusque mouvement de terreur; mais le ministre le rassura d'un geste.

— Je te dis cela comme sujet de méditation pour l'avenir, continua-t-il; quant au passé, Dieu seul t'en demandera compte; je sais qu'il faut être indulgent pour les amis; aussi ne t'ai-je point gardé rancune, et je viens te le prouver.

— Comment cela? demanda Ivon.

— N'est-ce pas aujourd'hui la fête de saint Pierre, notre ancien patron? J'ai pensé que c'était pour deux compères l'occasion de se réconcilier, et je suis venu, comme au bon temps, faire réveillon avec toi.

— Réveillon! répéta le tavernier, pensant tout à coup aux gentilshommes qu'il attendait.

— Cela te dérange-t-il? demanda Landais avec un regard scrutateur; tu attends peut-être quelqu'un?

— Nullement, s'écria Ivon.

— Alors nous souperons ensemble.

— Soit; tu es seul?

— Tu le vois.

Ivon venait de réfléchir que l'arrivée des conjurés, loin d'être un danger, devenait un coup du Ciel. Le trésorier allait, en effet, se trouver sans défense en leur pouvoir, et le hasard les servait mieux que n'auraient pu le faire les plus habiles combinaisons. Recouvrant donc toute sa liberté d'esprit, il s'empressa d'approcher une table et de tout préparer.

— Surtout pas de vins de Coulanges, dit Landais, dont l'intention était d'enivrer son hôte, afin de le faire parler.

— Voici un petit rouget de Gascogne qui se boit comme

eau de roche, répliqua Ivon qui, de son côté, eût voulu mettre le trésorier sous la table pour attendre les gentilshommes.

— J'ai une soif de templier, compère.

— Et moi, je suis prêt à te rendre rasade pour rasade.

Tous deux s'assirent et remplirent leurs tasses.

— A notre réunion ! dit Landais en portant le verre à ses lèvres.

Ivon profita de ce mouvement pour vider à terre son gobelet d'étain ; puis le levant vivement, il feignit de boire. Le trésorier saisit à son tour ce moment pour jeter le vin qu'il s'était versé.

— Sans vanité, c'est du pur hypocras, dit l'aubergiste en faisant claquer sa langue contre son palais.

— Les caves ducales n'en renferment pas de meilleur, répliqua Landais.

— Encore un coup alors?

— Volontiers.

Les gobelets furent remplis de nouveau et vidés comme la première fois.

— S'il continue, je l'aurai bientôt à discrétion, dit Ivon.

— Le vin va le faire parler, pensa Pierre.

Tous deux se frappèrent joyeusement dans la main et s'accoudèrent l'un vis-à-vis de l'autre avec une intimité familière.

— Eh bien ! compagnon, dit Landais, comment sont allées les affaires depuis que je ne t'ai vu?

Le tavernier soupira.

— Doucement, bien doucement, compère ; nous vivons dans un temps où il est aussi malaisé de gagner sa pauvre vie que d'aller en paradis.

— Tu as pourtant la pratique des gentilshommes, et les moines doivent entrer ici comme à l'église.

— Je ne dis pas ; mais les nouvelles ordonnances sont la mort des cabaretiers. Foi d'honnête homme ! si je continue le métier, c'est par dévouement.

Le trésorier sourit.

— La taverne est cependant placée à miracle, dit-il ; avoir d'un côté trois couvents qui ont fait vœu de tempérance, et de l'autre la rivière...

— Il faudrait avec cela une exemption de droits, Pierre.

— Nous en reparlerons, compère..... Mais ton gobelet?

— Et le tien?

Tous deux feignirent encore de boire. Landais appuya son front sur sa main et promena les yeux autour de lui.

— Ah ! j'envie ton sort, dit-il d'un air pensif ; tu vis tranquille ici, toi, n'ayant à t'occuper que de faire fortune...

— C'est bien assez, interrompit le tailleur.

— Que serait-ce donc s'il te fallait défendre celle des autres? Tu travailles pour toi seul, tandis que moi je travaille pour tout le monde. Les écus d'or s'entassent dans ta main, et moi, les malédictions s'entassent sur ma tête. Hélas ! les hommes font ainsi le lot à chacun, selon leur haine ou leur envie. J'espère que Dieu reverra un jour les partages.

Il ne déraisonne pas encore, pensa Ivon en remplissant le gobelet de son hôte, qui s'empressa de remplir également celui du tavernier.

Du reste, reprit Landais en s'approchant d'un ton de confidence, bientôt je n'aurai plus rien à craindre de mes ennemis : j'ai découvert leurs complots.

Ivon tressaillit.

— Ah ! tu as découvert?..... balbutia-t-il déconcerté.

Aujourd'hui même.

— Et tu sais..... les noms? demanda le tavernier de plus en plus inquiet.

Les lettres trouvées sur Claude Kerru en renferment la liste.

Cosquer fit un brusque mouvement ; le trésorier lui versa à boire.

— Et que comptes-tu faire? demanda Ivon d'un accent précautionneux.

— Écraser jusqu'au dernier ceux qui ne se seront point repentis.

— Et si quelqu'un se repentait

— Lui accorder tout ce qu'il me demanderait.

Le tavernier réfléchit un instant ; mais ses regards, en se levant, rencontrèrent ceux de Landais, qui semblaient l'observer.

— C'est une ruse, pensa-t-il ; il ne sait rien.

— Comprends-tu ? demanda Pierre.

— Très-bien, maître ; ta tasse est vide.

— La tienne aussi.

— A ta fortune !

— A ta puissance !

Tous deux levèrent leurs gobelets ; mais Landais, qui suivait de l'œil les mouvements du tavernier, replaça subitement le sien sur la table.

— Tu ne bois pas ! s'écria-t-il.

— Ni toi, répliqua Ivon, qui l'avait également observé.

— Ainsi, tu me tendais un piége ?

— Et toi, tu voulais me sonder?

Landais se leva brusquement.

— Eh bien ! oui, dit-il ; aussi bien, la feinte est superflue ; il faudra toujours que tu parles, car je le veux.

— Je n'ai rien à dire, répliqua Cosquer en cherchant à gagner l'escalier.

Mais le trésorier prit une clef d'argent suspendue à sa ceinture, et siffla. Presque aussitôt la petite porte s'ouvrit, et Jacques Guibé parut suivi de quatre archers.

A cette vue, Cosquer recula épouvanté.

— Tu vois que tu es en ma puissance, dit Landais ; songe donc à répondre.

— Que voulez-vous ? demanda le cabaretier tremblant.

— Tous les détails du complot qui a été tramé chez toi par les gentilshommes.

— Un complot ! s'écria Cosquer en joignant les mains avec une feinte surprise ; Seigneur Dieu ! est-il possible ? C'est vous qui me l'apprenez, messire.

Landais ne répondit pas, mais il fit signe, et un des archers déroula tranquillement un sac de cuir de la grandeur d'un homme, tandis que les autres s'avançaient vers Ivon. Celui-ci frissonna de tout son corps.

— Attendez, attendez, balbutia-t-il ; je dirai ce que j'ai entendu ; mais, aussi vrai que je suis chrétien, je ne suis pas de l'affaire.

— Quels sont les chefs? demanda froidement Landais.

Cosquer les nomma, non sans hésitation. Le trésorier apprit ensuite que le but des conjurés était de s'emparer de lui par un coup de main, et d'imposer au duc de nouveaux conseillers.

— Et quel est le jour fixé pour l'exécution ? demanda-t-il enfin.

— Je l'ignore, répondit Cosquer.

L'archer ouvrit le sac de cuir. Ses compagnons firent de nouveau un pas vers le tailleur. Celui-ci tomba à genoux.

— Aussi vrai que je suis chrétien, dit-il, le jour de l'exécution n'est point encore connu ; ils devaient le fixer ce soir.

— Ce soir, reprit Landais ; ils se réunissent donc ?

— Oui, messire.

— Où cela ?

— Ici.

— Bientôt ?

— Vers minuit.

Landais parut réfléchir.

— Dans deux heures environ, murmura-t-il. C'est plus de temps qu'il n'en faudrait... Oh ! si je pouvais en finir avec eux d'un seul coup, les surprendre réunis, armés, avec la preuve du complot !...

Il appelle Guibé, et le prenant à l'écart :

— Retourne au château, dit-il vivement, rassemble les archers sans bruit, et divise-les en deux bandes. La première, sous les ordres du capitaine Clartière, occupera les prairies des deux côtés de la route, laissant entrer ici tous ceux qui se présenteront, mais arrêtant quiconque voudrait sortir ; la seconde, conduite par toi, prendra toutes les barques qui seront au port, et arrivera par le fleuve au pied de l'escalier de bois. Tu m'avertiras de ta venue en frappant à cette porte.

— Chose convenue, messire.

— Songe surtout que tu n'as guère plus d'une heure.

— C'est assez, dit Jacques en gagnant la petite porte.

Il fit signe à ses archers, qui disparurent avec lui.

Resté seul avec le tavernier, Landais songea à se prémunir contre toute surprise. Quelques-uns des conjurés pouvaient devancer l'heure. Il prit les clefs des mains d'Ivon, s'assura que l'entrée principale était solidement fermée, et examina les lieux en détail.

Comme il achevait cette perquisition, un bruit d'armes et de pas se fit entendre au dehors.

Ce ne pouvait être déjà les archers. Il prêta l'oreille, surpris et inquiet. Le bruit était devenu plus distinct; c'était celui d'une troupe qui marchait avec précipitation. Elle s'arrêta devant la taverne de Saint-Efflam, et l'on frappa à la porte en criant d'ouvrir.

— Ce sont les gentilshommes, dit Landais qui s'était glissé avec précaution jusqu'à la lucarne sans volet qui éclairait l'escalier.

— Déjà ! répondit Cosquer étonné.

— Tu m'as trompé sur l'heure de leur venue, malheureux !

— Que Dieu me punisse si je les attendais avant minuit ! répondit Ivon d'un ton de bonne foi qui ne permettait point de doute.

On frappa de nouveau en appelant Cosquer.

— Que faire ? dit le cabaretier. Ils vont briser le contrevent.

— Et nul moyen de fuite ! murmura Landais en regardant autour de lui.

— Jésus ! ils escaladent la lucarne, messire !

Une ombre venait en effet de paraître derrière le châssis de toile écrue. Landais courut à la petite porte pour s'assurer si la barque était partie ; mais, au même moment, la lucarne s'ouvrit brusquement, et Albert se laissa tomber au milieu d'eux.

Il recula deux pas à la vue du trésorier.

— Vous ici, messire ?

Landais lui imposa silence d'un geste.

— Fuyez, ajouta le jeune homme rapidement et à voix basse, une troupe de gentilshommes me suivent ; le duc est en leur pouvoir.

— Le duc ! répéta le trésorier stupéfait.

De nouveaux coups retentirent, et le nom d'Albert fut répété au dehors avec impatience.

— Au nom de Dieu ! messire, fuyez ou cachez-vous, reprit le jeune homme troublé.

Landais regarda autour de lui ; ses yeux s'arrêtèrent sur l'entrée dérobée.

— Derrière cette porte, dit-il.

— Hâtez-vous, messire, hâtez-vous.

Le ministre fit un mouvement; mais, se ravisant tout à coup, il s'élança vers Ivon.

— Viens, dit-il, tu me trahirais, toi.

Et, l'entraînant de force, il disparut avec lui par la porte secrète.

Albert courut ouvrir aux gentilshommes.

VIII

Le duc entra vivement, suivi d'Etienne, du vicomte de Rohan et de plusieurs autres qui semblaient s'efforcer en vain de l'apaiser. Il jeta avec colère son chapeau sur la première table qu'il rencontra, et s'assit. Le vicomte voulut s'approcher.

— Laissez-moi, messire, dit François; laissez-moi, ceci est une violence dont je vous demanderai quelque jour un terrible compte.

— Nul de nous ne croit avoir oublié le respect qu'il doit à monseigneur, dit révérencieusement messire de Rohan.

— Et que faites-vous donc ? reprit François ; pourquoi ce guet-apens? que voulez-vous de moi enfin ?

— Justice, monseigneur, répondit Etienne.

Le duc se détourna brusquement vers lui.

— C'est donc toi le chef, maître fou ? dit-il ironiquement; et depuis quand, s'il te plaît, as-tu recouvré la raison?

— Depuis que j'ai rebouclé le ceinturon, monseigneur, répliqua Etienne en frappant sur l'épée qu'il avait au côté.

Le duc fit un mouvement de colère.

— L'exemple de votre frère ne vous a point profité, messire, dit-il avec menace.

— Au contraire, monseigneur, reprit Etienne ; il m'a appris que la seule loyauté est une mauvaise sauvegarde à la cour, et qu'il n'y a d'innocents que ceux qui savent se défendre.

— Ainsi, s'écria François, c'est une révolte ouverte ?

— Non, monseigneur ; c'est une requête telle que doivent la faire des gentilshommes persécutés, le chapeau d'une main et l'épée de l'autre. Il y a dix ans que la noblesse réclame ses droits un genou en terre ; vous avez toujours passé sans l'écouter ; elle s'est enfin relevée, et elle vous parle debout, afin que vous puissiez mieux l'entendre.

— Et que veut-elle?

Le vicomte de Rohan tira de son sein un parchemin :

— Voici l'exposé de ses griefs et de ses demandes, dit-il.

— La liste des demandes est longue sans doute ? observa François ironiquement.

— Moins que l'autre, monseigneur, répondit gravement Etienne.

— Que réclame-t-elle ?

De Rohan ouvrit le parchemin, et lut :

« Prêts à nous reconnaître les vassaux fidèles de monseigneur, nous le supplions auparavant de jurer sur les saints Evangiles qu'il révoquera toutes les ordonnances et réglements portant atteinte à nos priviléges, et dont l'indication suit. »

— Ainsi on me fait des conditions ! s'écria le duc indigné.

« Nous le prions en outre, reprit le vicomte sans se troubler, de rétablir dans leurs biens et honneurs les gentilshommes condamnés. »

— Jamais ! interrompit François.

« Nous demandons enfin, continua de Rohan, dont la voix s'était élevée, que messire Landais nous soit livré pour être jugé et puni selon ses crimes. »

— Est-ce tout ? demanda le duc.

— Tout, monseigneur.

— Et si je refuse ?

— Alors Dieu décidera.

— Qu'il décide donc, car je n'accorderai rien, rien, messires ; entendez-vous ? Vous avez oublié que je suis votre maître, je vous en ferai souvenir. Parce que le hasard et la trahison m'ont fait tomber entre vos mains, me croyez-vous donc sérieusement votre prisonnier? Pensez-vous que l'on puisse enlever ainsi un duc de Bretagne dans ses propres Etats ? Mais on me cherche déjà, sans doute ; mais vienne le jour, et mes archers accourront ici pour m'arracher à vous.

— Je le sais, monseigneur, répliqua le vicomte ; mais le jour venu, il sera trop tard.

— Que voulez-vous dire ?

— Si nous sommes venus dans cette taverne, c'est que dans quelques instants les plus braves gentilshommes du duché s'y trouveront réunis en armes et prêts à vous servir d'escorte.

— Et où prétendez-vous me conduire ?

— Quelque dépouillée et appauvrie que soit la noblesse, il lui reste encore assez de villes et de châteaux à l'abri des archers, pour qu'elle puisse offrir un asile à monseigneur.

— Ah! c'est de la trahison et de la félonie, s'écria le duc.

— C'est de la nécessité, monseigneur.

François promena sur les gentilshommes un regard irrité.

— Sortez, messires, dit-il avec hauteur; mais rappelez-vous que je me vengerai.

Il saisit une escabelle et s'y assit les bras croisés. Il y eut une pause. Enfin Etienne s'approcha doucement, et d'un accent tristement respectueux :

— Pardon, monseigneur, dit-il; encore un mot. Ce qu'a fait la noblesse, elle l'a fait avec regret; longtemps elle a attendu, espéré! Habituée à porter l'armure d'acier, elle a souffert avec autant d'humilité et de patience que si elle eût porté le froc de bure. Ecoutez enfin notre prière, monseigneur. Nous vous demandons de choisir entre nous qui sommes une partie de votre force et de votre gloire, et ce mendiant qui s'est abrité à votre ombre afin de frapper tout ce qui était noble. Qu'a-t-il fait pour vous, monseigneur? Le haut rang ne peut servir qu'à rendre plus heureux. Eh bien! depuis qu'il vous conseille, êtes-vous plus joyeux, êtes-vous plus tranquille, êtes-vous plus aimé? Il est venu ici, comme Satan dans le paradis terrestre, vous promettant la puissance et le bonheur; qu'y a-t-il apporté? La haine et la guerre!... Monseigneur, ce sont tous vos gentilshommes qui parlent par ma bouche, qui tombent à vos genoux! Ces promesses que demande leur désespoir, signez-les, signez-les; et si leur audace d'aujourd'hui doit être expiée, eh bien! que mon sang cimente l'alliance entre vous et votre bonne noblesse.

En parlant ainsi, Etienne s'était jeté aux pieds du duc et lui tendait le parchemin renfermant les demandes des gentilshommes; François parut ébranlé.

En lui rappelant les ennuis dans lesquels la lutte engagée par son trésorier l'avait entraîné, messire Etienne venait de toucher au point sensible de ce cœur sans énergie; sa main s'avança comme instinctivement pour prendre le parchemin; mais à peine l'eut-il saisi qu'il parut avoir honte de sa faiblesse. Messire Chauvin comprit ce mouvement.

— Nous nous retirons pendant que monseigneur consultera sa prudence, dit-il.

Et faisant signe aux autres gentilshommes, il monta avec eux à l'étage supérieur.

Le duc demeura longtemps à la même place, les bras croisés et l'air rêveur.

— Le fou a raison, se dit-il, à quoi me sert plus d'autorité s'il faut l'acheter par plus de soucis? Qu'est-ce que la puissance qui ne tourne pas au profit du plaisir? Par le Christ, il semble que je sois le seul homme raisonnable de mon duché. Je ne demande qu'à régner gaîment, en laissant les choses aller comme le vent qui passe et le fleuve qui coule. Point, on veut que je gouverne, que j'aie un plan : eh! que mes gentilshommes et mon ministre s'arrangent!... Après tout, c'est la faute de maître Landais si j'ai été surpris et si je suis au pouvoir de la noblesse; c'est à lui d'être puni de sa négligence. Si je résiste, d'ailleurs, ils m'emmèneront en otage; ils l'ont dit. Ce sera alors une guerre civile, une longue captivité peut-être. Et qui sait ce qu'il faudra souffrir? De nos jours, Charles VII, prisonnier des vassaux, n'est-il pas mort comme un mendiant en demandant du pain? Et quand je pense qu'il suffirait, pour éviter tout débat, de mon nom écrit au bas de ce parchemin.

Il s'était levé, tenant l'acte remis par Etienne, et tout en le parcourant des yeux, il s'approchait insensiblement du comptoir, où se trouvait tout ce qu'il fallait pour écrire

— Que faire? se demanda-t-il avec anxiété, la main à demi étendue.

— Signez, monseigneur, répondit une voix.

Il releva vivement la tête : Landais était devant lui et lui présentait la plume avec un ironique sourire.

— Toi ici! s'écria François stupéfait.

— Signez, continua tranquillement le ministre, mais choisissez en même temps votre place dans un cloître, car ceci est votre abdication.

— D'où viens-tu, et qui t'a fait entrer? demanda le duc qui regardait le trésorier avec une sorte d'épouvante.

— N'exige-t-on pas de vous ma tête pour rançon? répondit ironiquement Pierre; je viens vous l'apporter.

— Tu sais donc ce qui se passe?

— Oui.

— Eh bien! quel parti dois-je prendre? Comment leur échapper? As-tu quelque moyen de salut? Parle, mais hâte-toi, car ils sont là, ils attendent, et peuvent revenir à chaque instant.

Landais sourit, et montrant le parchemin sur lequel les gentilshommes avaient écrit leurs prétentions :

— Mettez-vous là, monseigneur, dit-il, et écrivez.

— Comment! dit le duc étonné.

— Ecrivez, répéta Landais avec impatience.

François s'assit, prit la plume, et le ministre dicta.

— Ordre d'arrêter messire le vicomte de Rohan...

Le duc releva la tête stupéfait.

— Ecrivez, reprit Landais : Ordre d'arrêter le maréchal de Rieux... messire de Clisson...

— Mais tu n'y songes pas, s'écria le duc.

— Pour Dieu! écrivez toujours, monseigneur, interrompit Landais vivement. Messires Etienne Chauvin, de Rochereul, de Sévigné. Signez, maintenant... C'est bien.

Il prit le parchemin et le plia.

— M'expliqueras-tu enfin ce que cela signifie? demanda François en se levant.

Avant que le trésorier eût pu répondre, trois coups furent frappés à la petite porte; Landais poussa une exclamation de joie.

— Qu'est-ce que cela? demanda le duc.

— Cela, monseigneur, s'écria Landais, c'est la couronne de Bretagne que l'on vous rapporte.

Et, courant ouvrir la petite porte, il montra l'escalier plein d'archers; Jacques Guibé était à leur tête.

Messire Clartière est-il embusqué avec ses gens sur la route du Poitou? demanda le trésorier au capitaine.

— Il y est, répondit Jacques; le temps d'approcher le sifflet de vos lèvres, vous le verrez paraître.

— Voici les gentilshommes qui descendent, interrompit François.

Landais referma la petite porte.

— Qu'ils viennent, dit-il; ce ne sera plus un prisonnier, mais le duc, qui les recevra.

Les conjurés parurent en effet; mais, à la vue du trésorier, ils s'arrêtèrent stupéfaits.

— D'où sort-il, et qui l'a amené? demandèrent-ils tous à la fois.

— Je suis venu de mon plein gré, messires, répondit le trésorier.

— Alors c'est Dieu qui a voulu ton jugement, s'écria Etienne en courant sur lui l'épée haute.

Le vicomte de Rohan l'arrêta.

— Un tel sang souillerait les mains d'un gentilhomme, dit-il : laissez le bourreau faire justice.

Landais promena sur les conjurés un regard pénétrant.

— Je vois que ma perte est décidée, dit-il lentement; songez pourtant, messires, que les chances d'une lutte comme la nôtre sont journalières. Vaincu aujourd'hui, je puis l'emporter demain. La générosité est aussi de la prudence, et vous ne serez pas sans merci pour un ennemi à votre discrétion.

— Point de merci pour les traîtres! s'écria Etienne.

— Je n'oublierai pas ces mots, répliqua Landais avec un regard profond.

— Tu n'auras pas à te les rappeler longtemps, reprit le fou.

Et s'avançant vers le duc, qui avait jusqu'alors suivi tout ce débat avec une distraction nonchalante :

— Monseigneur! s'écria-t-il, nous pouvons faire bon marché de tout le reste, mais il nous faut la vie de cet homme! Au nom de la justice et de votre paix, signez l'acte que nous vous avons remis.

— Le voici, dit Landais, en développant le parchemin. Monseigneur y a apposé son nom, écrit ses volontés, et c'est moi qui les exécute.

— Que veux-tu dire?

— Je veux dire, mes gentilshommes, qu'au nom du duc ici présent, je vous arrête tous.

— Nous?

— En voici l'ordre tracé au revers même de vos propositions insolentes; les chances sont tournées, vous le voyez, messires... Vos épées!

— Viens les prendre, si tu peux, s'écria le vicomte de Rohan en tirant la sienne de son fourreau.

Tous l'imitèrent; mais Landais venait de courir à la fenêtre, un sifflement se fit entendre, et, presque au même instant, les gentilshommes qui gardaient l'entrée au dehors se précipitèrent dans la taverne, poursuivis par Clartière et ses archers.

Jacques Guibé parut également avec ses troupes à la porte dérobée.

— Que Satan me prenne, nous sommes livrés, s'écria Etienne en brisant son épée avec rage.

— Point de merci pour les traîtres, répondit Landais amèrement; c'est vous qui l'avez dit, messire Etienne.

Et se tournant vers son neveu :

— Guibé, fais ton devoir, ajouta-t-il froidement.

Celui-ci commença avec ses archers à désarmer les gentilshommes. Pendant cette opération humiliante, le duc s'approcha.

— Je vous avais avertis que vous jouiez un mauvais jeu, messires, dit-il ironiquement. Vous le voyez, je vous ai rendu surprise pour surprise, et nous sommes quittes. Quant aux gentilshommes qui manquent encore au rendez-vous et qui devaient me servir d'escorte, disiez-vous, ne craignez rien, nous les attendrons, et mes sénéchaux en rendront bon compte.

Les nobles se regardèrent déconcertés.

— Comment les prévenir? dit tout bas de Rohan à Etienne.

— N'est-on point convenu d'un signal en cas de danger?

— Une lumière à cette croisée.

Les yeux d'Etienne tombèrent sur la lanterne sourde de Guibé, posée à terre; il la saisit et la fit passer de main en main jusqu'à la fenêtre où elle fut placée.

Dans ce moment Landais aperçut Albert, qui se tenait à l'écart avec les porte-flambeaux, et l'appela par son nom.

— Ce jeune homme n'est point des nôtres, et n'a pris aucune part à la révolte, dit vivement Etienne; nous l'avons rencontré par hasard et forcé à nous suivre, de peur qu'il n'allât révéler ce qu'il avait vu; mais, par la justice de Dieu! il ne peut être tenu pour responsable de notre entreprise, ni traité par vous comme cirétini.

— Je le sais mieux qu'un autre, messire, répondit Landais en souriant, car je lui ai peut-être dû la vie aujourd'hui.

— A lui?

Le trésorier apprit aux gentilshommes comment il se trouvait à la taverne de Saint-Efflam, et quel service lui avait rendu le jeune orphelin d'Auray en gardant le secret sur sa présence.

— Ainsi, s'écria Etienne, nous l'avons eu là, sans défense, en notre pouvoir, et ce malheureux ne nous a rien dit.

— Je n'avais garde de livrer un homme seul à la fureur de tous, répondit Albert d'un ton ferme.

Etienne étendit vers lui ses deux poings fermés avec une énergie sauvage :

— Et c'est toi qui l'as sauvé! dit-il, toi...

Il s'arrêta comme s'il eût fait un effort violent, croisa les bras sur sa poitrine avec un mouvement de fureur douloureuse, et baissa la tête.

— Je vois que messire Etienne connaît l'orphelin d'Auray, dit le trésorier en promenant un regard scrutateur du jeune homme au vieillard.

— Il est vrai, répondit Chauvin avec dédain; c'est moi qui l'ai ramassé à terre et fait nourrir au couvent: mais celui qui t'a sauvé n'a pas à compter sur ma protection.

— Aussi ferai-je en sorte qu'il puisse s'en passer, répondit Landais... La place de mon second secrétaire est vacante, je la lui donne; et, s'il plaît à Dieu, mon bon vouloir ne s'arrêtera point là.

— Et moi, quelle sera ma récompense, mon bon sire? s'écria tout à coup la voix doucereuse d'Ivon.

Landais se détourna et aperçut le tavernier blotti dans un coin, sous la garde de deux archers.

— Pardieu! j'oubliais mon compère, dit-il en souriant; approche.

Cosquer se redressa d'un air de triomphe, et fit signe aux archers de lui faire place.

— Messire n'a point oublié que c'est moi qui lui ai donné tous les détails, dit-il d'un ton capable.

— Non plus que le moyen employé pour cela, continua le trésorier : il est juste, maître, que tu sois récompensé selon tes mérites. Et d'abord, comme, à ton propre dire, tu continues le métier de tavernier par pur dévouement, je te reprends le privilège qui t'avait été accordé de suspendre à ta porte la touffe de lierre.

— Comment! balbutia Ivon stupéfait.

— De plus, comme tu pourrais rencontrer ici quelques anciennes pratiques dont la connaissance serait gênante, j'exige que tu retournes avant trois jours dans notre bonne ville de Vannes, où tu as laissé de si honnêtes souvenirs.

— Moi!

— Enfin, continua Landais, je te sais dévoué à monseigneur, et prêt à tout pour son service, je chargerai donc les collecteurs de recevoir de toi, au profit du duc, une somme de quatre cents écus.

— Quatre cents écus! s'écria le tavernier, les yeux égarés.

— N'est-ce point assez? demanda Landais, nous en mettons cinq cents.

Cosquer tomba à genoux.

— Messire, s'écria-t-il hors de lui, prenez pitié d'un pauvre homme qui n'a d'autre fortune que les mérites du Christ.

— Allons, dit Landais doucement, épargne-toi les mensonges et les jongleries, compère; nous nous connaissons de longtemps; si tu ne trouves pas la somme dite, je la ferai chercher ici par les sergents.

— C'est inutile, dit vivement Cosquer; je l'aurai, fallût-il vendre mon âme.

— Tu as heureusement des valeurs plus sûres. Du reste, prends ton temps; je te donne jusqu'à demain pour payer et partir.

A ces mots il tourna brusquement le dos au tavernier et s'approcha du duc, qui s'entretenait à l'écart avec son capitaine des gardes.

— Les autres gentilshommes tardent bien à venir, dit-il à ce dernier.

— Ils ne viendront pas, répondit vivement François.

— Que dites-vous?

— Clartière m'apprend qu'une porte de la ville leur a été ouverte, et que tous se sont enfuis.

— Dieu! Mais qui donc a pu les avertir?

— Moi, messire, dit tranquillement Etienne.

— Et comment? demanda le trésorier.

Chauvin montra en souriant la lanterne qui brillait encore à la fenêtre; Landais fit un geste de surprise et de dépit.

— Ainsi ils nous échappent, murmura-t-il.

— Oui, répondit Etienne triomphant; et ne vous réjouissez point trop de votre victoire; car tout à l'heure il n'y avait qu'un complot, aujourd'hui c'est la guerre civile.

IX

LE DÉNOUMENT

La prédiction d'Etienne Chauvin ne tarda pas à s'accomplir. La noblesse se souleva tout entière. Le duc, de son côté, réunit une armée, et la lutte commença avec des chances diverses, sur presque tous les points du duché.

Il y avait déjà plus d'une année que duraient ces divisions, et rien cependant n'en pouvait faire prévoir le terme. Les partisans de l'évêque de Rennes, que Landais avait envoyé mourir dans l'exil, en juste punition de ses crimes, se joignirent aux mécontents, et Etienne, qui réussit à se sauver de prison, vint donner une nouvelle impulsion aux efforts des révoltés, en apportant parmi eux le sanglant souvenir du chancelier.

D'un autre côté, la régente de France, madame de Beaujeu, heureuse de tout ce qui pouvait affaiblir la Bretagne, entretenait ostensiblement la discorde entre le duc et ses gentilshommes, en fournissant à ces derniers de l'argent et des armes.

Mais Landais ne se laissait ni effrayer ni surprendre. Abandonnant François à ses plaisirs frivoles, il gouvernait sous lui d'une main ferme, et le duc, qui n'avait jamais eu tant de loisir, trouvait que tout allait au mieux.

Quant au ministre, son ambition avait grandi avec sa puissance. Depuis la mort de la dame de Villequier, il s'était constamment montré le protecteur de ses fils, dans la pensée que Marie avait leur âge, et qu'il n'était point impossible que l'ancienne alliance politique des parents ne se transformât, pour les enfants, en une union plus douce.

Cette idée, vague d'abord, devint bientôt plus arrêtée, et finit par devenir un projet auquel il subordonna tout le reste. Ce fut sur Antoine qu'il jeta de préférence les yeux.

Il devait en effet se prêter avec d'autant moins de peine à ses intentions, que la beauté de Marie l'avait charmé. Sûr de ne point trouver d'obstacles de ce côté, Landais ne fit paraître aucun empressement dangereux; il attendit que l'amour d'Antoine grandît et devînt assez fort pour lui servir d'auxiliaire près du duc, à qui une pareille alliance pourrait sembler étrange au premier abord.

Quant à sa fille, craignant quelque imprudence, il n'ajouta rien à ce qu'il lui avait dit dans une heure d'effusion. Elle savait qu'un choix avait été fait pour elle, c'était assez : une confidence n'eût pu que nuire à sa liberté et à ses grâces, lorsqu'elle rencontrait Antoine. Le trésorier se contenta de lui ménager, sans affectation, des occasions fréquentes de voir le prince, s'en fiant pour le reste à cette pente de tous les jeunes cœurs l'un vers l'autre.

Mais un autre sentiment remplissait déjà celui de Marie. En s'attachant Albert comme second secrétaire, Landais n'avait point soupçonné quel obstacle il élevait lui-même à ses projets. Marie et Albert s'aimaient dès le couvent, et se l'étaient dit. Cependant cet amour n'avait point eu d'abord pour eux-mêmes d'avenir. Ils s'y étaient abandonnés comme à une de ces hallucinations volontaires qui nous saisissent dans un demi-sommeil et nous enchantent pour nous tromper. C'était un désir sans possibilité, une espérance sans but, je ne sais quelle chimère dont on peut mourir, mais à laquelle pourtant on n'a jamais cru. L'habitude et le rapprochement changèrent insensiblement ces dispositions. A force de se voir, de se parler, de vivre ensemble, ils sortirent forcément de ce domaine romanesque dans lequel se réfugient tous les jeunes amours; leur rêve chercha à passer dans le fait, leur aspiration à se transformer en espoir. D'abord effrayée, la jeune fille se rassura. En voyant que son père gardait le silence, elle n'attendit plus la découverte qui devait faire d'Albert le descendant de quelque noble famille; mais elle compta sur l'autorité du ministre pour l'élever. Elle lui bâtit, en imagination, une de ces grandes fortunes dont Pierre avait donné lui-même un si étonnant exemple; elle alla jusqu'à se dire que le trésorier ne l'avait point peut-être sans dessein attiré à la cour et attaché à sa personne.

Quant à Albert, il subissait successivement toutes les impressions de la jeune fille. Son âme était pareille à ces lacs transparents qui reçoivent du ciel leur lumière ou leur ombre; le ciel pour lui, c'étaient les yeux de Marie. La force ne lui manquait pas; mais jusqu'alors il n'en avait pas eu besoin; il ne s'était jamais essayé lui-même. Pareil au lion élevé près d'un enfant, et qui n'a point senti les ongles lui pousser, il s'était toujours fait un bonheur de la soumission.

Cependant Landais n'avait encore rien découvert. Préoccupé de la guerre que lui faisaient les gentilshommes, il ne pouvait suivre tous ces détails de la vie intérieure qui lui eussent révélé l'amour de Marie et d'Albert. Il ne voyait sa fille qu'en passant et pour lui prodiguer des marques de tendresse, toujours interrompues par quelques réclamations ou quelques messages. Mais, bien que les circonstances eussent protégé jusqu'alors le secret des deux amants, il était difficile que l'imprudence ou le hasard ne finît point par les trahir.

La lutte engagée entre la noblesse et le trésorier touchait à son dénoûment. L'armée ducale, commandée par le sire de Coetquen, venait de rejoindre les rebelles, qui étaient sortis d'Ancenis à sa rencontre, et l'on attendait, d'heure en heure, la nouvelle d'une bataille décisive. Tous les esprits étaient en éveil, et chacun formait à Nantes des prévisions ou des vœux selon son penchant.

La surveillance du trésorier avait redoublé. Nul ne pouvait plus sortir de la ville soit par terre, soit par la Loire, sans une *passe*, et quatre mille hommes de milice gardaient nuit et jour toutes les issues.

Par malheur, la fidélité de plusieurs était douteuse. Ceux-mêmes des gentilshommes qui n'avaient point voulu prendre le parti des révoltés contre le duc étaient ennemis secrets du ministre. Le peuple, trompé ou corrompu à prix d'or, le haïssait également; et quant aux bourgeois, constants dans leur étroit égoïsme, ils demandaient à grands cris la fin d'une guerre ruineuse, fallût-il pour cela donner la tête de leur ancien protecteur.

Celui-ci ne pouvait donc réellement compter sur personne; mais ce qu'il n'attendait ni de la fidélité ni de l'affection, il espérait l'obtenir par l'adresse, la crainte ou l'intérêt. Il avait appris par une longue expérience que l'homme qui ne s'abandonne pas lui-même peut être plus fort que tous, car il a pour auxiliaires les irrésolutions et les lâchetés de chacun.

Restait toujours pourtant la crainte de ces subites trahisons auxquelles le courage ni l'habileté ne peuvent rien opposer. Il savait que de sourdes trames se formaient autour de lui. Ivon Cosquer avait fait secrètement plusieurs voyages à Nantes sans que les ordres donnés pour l'arrêter eussent pu être exécutés. Soudoyé par la noblesse, il courait la Bretagne sous mille déguisements, échappant à toutes les poursuites, et travaillant à la perte de son ancien compère avec la double persistance de la rancune et de l'avarice. En se contentant de le punir au lieu de l'écraser, le trésorier s'était, en effet, départi de sa prudence ordinaire. Il avait oublié que si l'ennemi pardonné est, le plus souvent, un ami douteux, l'ennemi châtié est toujours un haïsseur implacable. Il avait d'ailleurs frappé Ivon dans sa plus vivante passion, et le besoin de vengeance avait rendu celui-ci plus hardi. Etienne Chauvin, qui était un des chefs de la révolte, l'avait pris à ses gages, et ils travaillaient tous deux avec persévérance à la chute de Landais.

Quant au duc, il était demeuré étranger, comme nous

l'avons déjà dit, à tout ce qui se passait. L'ardeur au plaisir, qui d'habitude s'éteint avec l'âge, n'avait fait que s'accroître chez lui; il avait en quelque sorte abdiqué le pouvoir entre les mains de Landais, pour ne plus songer qu'aux promenades, aux joutes et aux divertissements.

Depuis quelques jours surtout il était sérieusement occupé des préparatifs d'un bal masqué, le premier qui eût été donné en Bretagne. Il attendait pour cette fête des baladins de Provence qui devaient danser *des courantes de leur pays, singulièrement légères et plaisantes*, au dire de ceux qui les avaient vues.

C'était là sa grande affaire, la seule dont il voulût entendre parler; et tandis que le moindre bourgeois attendait avec anxiété des nouvelles des deux camps, il ne songeait, lui, qu'à l'arrivée de ses *gentils sauteurs*, dont le retard l'inquiétait de plus en plus.

Il venait d'exprimer pour la dixième fois son impatience à sa fille Anne et aux dames qui l'entouraient, lorsque le trésorier entra.

— Eh bien! quelles nouvelles, maître? demanda-t-il avec empressement.

— Les armées sont toujours en présence, monseigneur, répondit Landais.

— Au diable! s'écria le duc avec un geste de mauvaise humeur; je vous parle de mes danseurs, qui devraient être arrivés d'hier et ne seront point ici pour le bal. Par le Christ! il faut qu'il leur soit arrivé malheur.

— Les routes sont couvertes de révoltés qui, sous prétexte de guerre, assassinent jusque dans nos faubourgs, observa une dame.

— Qu'ils pillent et brûlent les manants ou bourgeois, c'est un méfait dont les sénéchaux leur demanderont compte, reprit le duc; mais malheur à eux s'ils ont osé mettre la main sur mes plaisirs! Aussi vrai que Jésus a été crucifié pour nous, je vengerai la mort de mes amés baladins plus terriblement que si c'étaient gens de race royale.

— Ne pourrait-on envoyer à leur recherche? demanda Anne.

— Ainsi ai-je voulu faire, répondit le duc, mais les plus hardis archers et gens d'armes se sont excusés: alors j'ai offert une grâce à son choix pour qui m'apporterait nouvelle des danseurs de Provence, et, voyez la merveille, un scribe s'est offert!

— Qui donc s'est offert?

— Le jeune secrétaire de maître Landais.

— Albert! s'écria Marie épouvantée.

— C'est peut-être son nom, répondit François avec indifférence; un visage d'enterrement, avec l'air demi-affolé... Après tout, si je dois perdre un de mes serviteurs, j'aime mieux que ce soit celui-là qu'un autre; les figures tristes me rendent malade.

Landais qui, au nom d'Albert, si vivement prononcé par sa fille, s'était détourné, fut frappé comme d'un trait de lumière en voyant la pâleur de Marie. Il ne put retenir un geste d'étonnement irrité et fit un pas vers elle.

Dans ce moment un bruit de voix retentit à l'entrée, et Marie se redressa vivement.

— C'est lui, dit-elle.

— Qui donc? demanda le duc en se retournant.

Le jeune secrétaire venait d'entrer; François fit une exclamation de surprise.

— Vive Dieu! les routiers ne l'ont pas tué, s'écria-t-il. Et les baladins, maître?

— Ils me suivent.

— Est-ce vrai? Par mon saint patron, tu mérites d'être reçu comme la colombe de l'arche.

Et se tournant vers Landais:

— Je te le recommande, maître, ajouta-t-il: donne-lui ce qu'il demandera. Je vais voir mes nouveaux hôtes.

Il sortit précipitamment, suivi de ses pages.

Le trésorier s'approcha d'Albert.

— Vous m'aviez averti que vous étiez ambitieux, messire, dit-il avec un regard fixe; mais vous prenez une route périlleuse.

— Qu'importe, si elle est la plus courte!

— Vous êtes donc bien pressé d'arriver?

Albert ne répondit pas, mais ses yeux cherchèrent instinctivement Marie; Landais tressaillit légèrement.

— Venez, reprit-il d'un ton sérieux; il faut que je vous entretienne.

Albert échangea de nouveau un regard avec la jeune fille, et suivit le trésorier.

Dès qu'ils se trouvèrent seuls:

— Vous cherchez l'occasion d'une fortune rapide? dit Landais; je vous l'ai trouvée.

— A moi!

— Il s'agit de dépêches secrètes pour le roi d'Angleterre; la perte ou le salut de la Bretagne peut dépendre de leur réception; le duc consent à vous les confier. Vous remonterez la Loire, gagnant de là Rouen, où un navire vous attendra. Toutes vos instructions et toutes les précautions convenues sont inscrites dans ces notes que vous allez lire avec attention.

— Et quand partirai-je?

— Demain.

Albert ne put retenir une exclamation de douloureuse surprise; le ministre ne parut point y prendre garde.

— Voici un sauf-conduit, ajouta-t-il; mais point d'adieux! Nul ne doit remarquer votre absence, ni connaître le but de votre voyage. Il ne vous reste d'ailleurs que quelques heures, et il faut que vous lisiez ces notes pour me les rendre avant votre départ. Enfermez-vous dans votre retrait. Cette nuit, pendant que le bal masqué réunira la foule dans les appartements de monseigneur, je viendrai vous porter les dépêches. Allez, maître, c'est la boule de fortune que je vous mets à la main; mais le gain ne reste qu'aux joueurs prudents.

X

Albert se retira, étourdi de l'importante mission qui lui était confiée d'une manière si inattendue, mais bien loin de deviner la cause qui l'avait fait choisir de préférence à tout autre.

Ce qu'une année entière n'avait pu révéler au trésorier, un seul cri de sa fille venait de le lui apprendre. Elle aimait Albert, et le regard que lui avait jeté le jeune homme prouvait assez qu'elle était payée de retour. La décision de Landais fut prise à l'instant. Tout effort visible pour briser cet amour n'eût fait que l'accroître; car les attachements sont comme les religions, que la persécution fait grandir; il résolut de séparer les amants sans éclat, s'en fiant du reste à l'inconstance de toute âme humaine. Albert parti, l'intérêt que lui portait sa fille ne pouvait manquer de s'amoindrir, même à son insu. C'était substituer un souvenir à un être, faire repasser, pour ainsi dire, l'amour du monde réel à celui des chimères, et le trésorier avait une connaissance trop profonde des hommes pour ne pas savoir combien les plus sincères attachements ont besoin de communication et d'espoir. D'ailleurs, que le jeune secrétaire réussît ou non dans sa mission, il était sûr de pouvoir le retenir loin de la cour autant de temps qu'il en fallait pour dénouer insensiblement tous les liens de ce jeune amour.

Albert ne soupçonna rien de ce plan. La détermination subite du ministre l'avait saisi par cela seul qu'elle le condamnait à une absence dont il ne prévoyait point le terme, mais, d'un autre côté, il ne pouvait songer à repousser une marque de confiance qui, dans sa pensée, prouvait le bon vouloir toujours croissant de Landais, et lui préparait peut-être une position plus rapprochée de celle de Marie.

Cependant partir sans la voir était horrible à penser; et comment parvenir maintenant jusqu'à la jeune fille, occupée des apprêts de la fête, et entourée de ses femmes?

comment la rejoindre plus tard dans cette salle de bal, dont l'entrée était interdite aux clercs et aux varlets? Écrire était dangereux, et probablement inutile. Albert, le cœur plein d'angoisses, s'abandonna à Dieu, auquel il recommanda mentalement son amour, et voulant se débarrasser d'abord de sa tâche, il se mit à étudier les notes remises par le trésorier.

Mais il y avait un autre cœur aussi triste et non moins tourmenté: celui de Marie. Il frissonnait encore du choc qu'il avait reçu.

La jeune fille comprenait trop bien la cause de cette avide ambition d'Albert pour s'en étonner; mais en voyant dans quels périls le désir de s'élever jusqu'à elle pouvait le jeter, elle se sentit glacée, et résolut de le voir pour exiger de lui plus de prudence.

Or, elle ne pouvait espérer de longtemps, pour cette entrevue, une meilleure occasion que celle qui s'offrait le soir même : son père n'était point là; les seigneurs masqués arrivaient déjà au château, et son absence ne pouvait être remarquée pendant le premier tumulte de la fête. Elle avait d'ailleurs cet empressement des cœurs troublés, pour qui tout retard semble un péril. S'enhardissant donc de ses craintes pour celui qu'elle aimait, elle gagna furtivement l'escalier de la tourelle, et, haletante, le pied chancelant, les deux mains pressées sur son cœur pour en étouffer les battements, elle monta jusqu'à la chambre haute occupée par le jeune secrétaire.

A la vue de Marie, Albert se leva avec un cri; la jeune fille, effrayée, lui imposa silence.

— Vous ici? dit-il éperdu.

— Ne peut-on nous entendre? demanda-t-elle d'une voix agitée.

— Je suis seul.

Elle promena les yeux autour d'elle, laissa retomber la portière qu'elle tenait encore soulevée, et, regardant le jeune homme, elle joignit les mains avec une expression de douloureux reproche.

— Vous voulez donc me faire mourir? dit-elle.

— Moi! s'écria Albert, que voulez-vous dire, Marie, et qu'avez-vous?

— Il me le demande, s'écria l'enfant, dont les yeux s'étaient mouillés de pleurs, quand, malgré ses promesses, il expose chaque jour sa vie comme si elle n'appartenait qu'à lui seul.

— Pardon, dit le jeune homme avec un accent d'humble douceur; mais il le faut... vous le savez...

Marie le regarda, jeta ses deux mains dans les siennes, et laissant aller sa tête contre sa poitrine en fondant en larmes:

— Il faut que vous viviez, dit-elle.

Albert la serra dans ses bras.

— Ah! je le veux, je le veux, s'écria-t-il, Dieu le sait; mais n'ai-je point juré que je deviendrai digne de vous, Marie? n'êtes-vous point ma terre promise?... Qu'importent les dangers à courir, s'ils nous rapprochent? Oh! ne craignez point que j'y succombe; je sens en moi une force à renverser des armées. L'amour est une cuirasse comme la foi; ceux qui s'y sont enfermés tout entiers n'ont rien à craindre.

— Vous ne vous exposerez plus; promettez-le-moi, répéta la jeune fille suppliante.

Il hésita.

— Je le veux, je le veux, s'écria-t-elle.

— Ne savez-vous pas que vos volontés sont les miennes?

— Vous ne vous chargerez plus de missions périlleuses? vous resterez ici!...

Albert tressaillit.

— Votre père m'ordonne de partir demain, dit-il.

— Vous!

— Et pour longtemps, sans doute.

— Où vous envoie-t-il?

— En Angleterre.

— En Angleterre! répéta Marie effrayée, oh! vous n'irez pas.

— Si je refuse, il faut rompre avec messire Landais, et renoncer à tout espoir.

La jeune fille se laissa tomber sur un fauteuil, les mains jointes.

— Ainsi je ne vous verrai plus? s'écria-t-elle en sanglotant.

Albert voulut la rassurer; mais lui-même luttait avec peine contre ses funestes pressentiments; les larmes de Marie avaient brisé son fragile courage, il y mêla bientôt les siennes; tous deux restèrent longtemps les mains enlacées, et échangeant leurs noms au milieu des plaintes, des pleurs et des baisers.

Le bruit de quelqu'un qui montait l'escalier de la tourelle les arracha à ce douloureux épanchement. Marie se leva.

— Qui peut venir à cette heure? demanda-t-elle.

— Je n'attendais que le ministre, répondit Albert.

— Mon père! s'écria la jeune fille épouvantée.

— Les pas approchent...

— Vite... ici, reprit le jeune homme en ouvrant rapidement la porte d'un cabinet obscur.

Marie eut à peine le temps de s'y élancer; la portière d'entrée s'était levée brusquement, et un homme, en déguisement de bal, venait de paraître sur le seuil.

Le secrétaire, étonné, fit un pas vers l'Inconnu, qui ôta son masque : c'était messire Etienne.

Albert recula stupéfait.

— Tu ne m'attendais pas, lui dit le vieillard en souriant.

— Vous à Nantes! s'écria Albert; ignorez-vous que votre tête est mise à prix?

— Ce déguisement me cache à tous les yeux, et l'audace même de la démarche empêche de la soupçonner. Qui songe à moi, d'ailleurs, au milieu de cette fête? chacun n'est-il point uniquement occupé de son plaisir?

— Et vous êtes venu seul?

— Avec un compagnon!

— Mais qui vous amène?

— Tu le sauras. Avant tout, dis-moi combien d'archers gardent le château.

— Deux cents, environ.

— Combien veillent chaque soir sur les tourelles et les remparts?

— Vingt.

— Dans les salles intérieures?

— Un nombre égal.

— Et cette partie du château occupée par le trésorier communique aux appartements de monseigneur?

— Sans doute. Mais pourquoi ces questions?

— Tu vas le savoir, dit Etienne en baissant la voix.

— Auriez-vous quelques projets?

— Au moment où je te parle, une troupe de révoltés arrivent à l'une des poternes du château, qui doit leur être livrée.

— Dieu!...

— Ils sont trente seulement, mais masqués comme moi, bien armés, et décidés à mourir. Une fois entrés, ils se glisseront séparément vers cette tourelle et monteront ici.

— Dans mon retrait?

— Où ils demeureront cachés jusqu'à la fin du bal. Alors, vers le matin, profitant du désordre qui suit une fête, et du sommeil des gardes...

— Eh bien?

— Nous nous partagerons en trois bandes; les deux premières désarmeront les sentinelles isolées et les archers endormis, tandis que l'autre s'emparera du trésorier.

— Et vous avez compté sur moi pour une telle trahison, messire? s'écria Albert.

Etienne le regarda avec surprise.

— Ne nous es-tu donc plus dévoué? demanda-t-il. N'est-ce point toi qui as ouvert notre prison et facilité notre fuite?

— Parce que je voulais vous payer le bien que j'avais reçu, parce que je devais vous sauver au péril de ma vie;

mais aujourd'hui c'est messire Landais que le danger menace, et ce que j'ai fait pour vous, je le ferai pour lui.

— Toi! s'écria Etienne avec une sorte d'étonnement indigné.

Puis secouant la tête :

— Oui, reprit-il plus lentement, je comprends; tu t'es laissé séduire par quelques semblants de bienveillance; tu ne sais rien d'ailleurs. Le soin de ta sûreté m'a fait garder le silence jusqu'à présent; mais je n'aurais qu'à dire un mot pour te faire partager ma haine.

— Comment?

Etienne, les bras croisés, fixa sur le jeune homme un regard profond.

— Ne sens-tu donc rien en toi qui se révolte à la vue du trésorier? demanda-t-il.

— Rien.

— Ecoute, reprit lentement le vieillard ; il y a de cela longtemps déjà... Par une semblable nuit, un homme sortait d'ici, le front nu, les mains liées, et entouré de soldats : on le conduisait au château de l'Hermine.

— Votre frère! balbutia Albert.

— A la même heure, continua Etienne, par une autre porte, sortait une mère avec deux enfants, que des archers chassaient en les frappant de la corde de leurs arcs.

— C'était la famille du chancelier, interrompit de nouveau le secrétaire.

— Oui, continua le vieillard, et quelques mois après l'homme avait péri au fond de son cachot; la femme était morte de faim sous le porche d'une église avec un de ses enfants.

— Et l'autre, messire?

— L'autre, reprit Etienne, fut recueilli par un ami et déposé sous un faux nom entre les mains des moines d'Auray.

— Ainsi, s'écria le jeune homme éperdu, c'était...

— C'était celui qui devait plus tard se faire le défenseur de l'assassin de son père.

Un cri d'Albert et un gémissement sourd, venant d'un coin du retrait, se firent entendre en même temps ; Etienne tressaillit.

— On nous écoute, dit-il.

Et avant que le jeune homme eût pu l'arrêter, il s'élança vers le cabinet, d'où il ressortit avec Marie.

En la reconnaissant, il poussa une exclamation de surprise, et sa main chercha instinctivement sa dague. Marie effrayée courut au jeune homme, qui lui ouvrit ses bras. Etienne recula stupéfait ; il y eut un instant de silence.

— Ah! je m'explique tout, reprit le vieillard avec un sourire méprisant ; la fille est moins cruelle que le père ; mais n'importe! l'innocent a succombé avec les siens, le méchant périra de même.

— Que voulez-vous dire? s'écria Albert en pressant contre lui la jeune fille tremblante. Oh! quoi qu'il arrive, elle est sous ma protection, messire, et Monseigneur lui-même ne toucherait impunément à un seul de ses cheveux.

— Oublies-tu le nom que tu portes? s'écria Etienne.

— Je l'aime, dit Albert avec passion.

— Et tu oses l'avouer! Tu ne la repousses point avec horreur!

— Je l'aime! répéta le jeune homme en l'embrassant plus éperdu.

Etienne s'approcha d'un mouvement brusque.

— Ecoute, malheureux, dit-il, tu crois cette femme innocente de la perte du chancelier! Eh bien! s'il est mort, c'est pour elle que ce meurtre a été commis.

— Pour moi? s'écria Marie.

— Oui, reprit Chauvin d'une voix plus forte, pour ton élévation, pour ta fortune! n'est-ce point l'unique pensée de Landais? C'est pour se parer de nos dépouilles qu'il a égorgé mon frère.

Et écartant par un brusque mouvement la mante sous laquelle la jeune fille portait son brillant costume de bal :

— Regarde, continua-t-il, cet or, ces parures ; c'est le sang de ton père qui la couvre!

Ces mots avaient été prononcés avec tant de véhémence, qu'Albert recula saisi d'une horreur involontaire ; mais Marie poussa un cri, et par un de ces mouvements prompts comme la pensée et que le cœur inspire, elle arracha les colliers et les bracelets dont elle était couverte, et les jeta au loin.

Albert, profondément touché, voulut s'élancer vers elle : Etienne le retint.

— Ne vois-tu pas que le sang reste toujours? dit-il d'une voix sombre.

— Non, s'écria le jeune homme éperdu, en saisissant les mains de Marie ; non, Messire, ce meurtre, ce n'est point elle qui l'a commis ; elle ne peut en répondre! Elle est innocente, elle... Voyez! une enfant qui tremble et ne sait que pleurer.

— Et l'assassin? demanda Etienne.

— Eh bien! dit Albert haletant, j'irai lui demander compte à lui... je vengerai mon père.

— En frappant le mien! s'écria Marie.

Le jeune homme porta les mains à son front avec égarement.

— Que faire? ô mon Dieu! à quel devoir obéir? Des deux côtés, c'est toujours du sang et des pleurs.

— Et tu balances?

— Ah! que ne m'avez-vous instruit plus tôt?

— Ainsi, tu n'as pas assez de courage pour obéir?

Le jeune homme fit un mouvement.

— Du courage! reprit-il... Ah! il fallait m'élever dans l'idée de la vengeance, endurcir mon cœur de bonne heure. Je lui aurais appris la haine. Mais vous me laissez grandir au milieu des chants et des prières ; j'abandonne mon âme entière à un invincible amour, et quand cet amour est devenu tout pour moi, vous m'apprenez que c'est un crime; vous invoquez contre lui un nom que vous ne m'avez même pas appris à prononcer ; vous voulez que j'y renonce, comme s'il était possible de sacrifier l'être vivant qu'on aime au mort qu'on n'a point connu ; vous me dites : *Oublie*, comme on dirait à un homme : *Arrache ton cœur!* Et parce que je souffre, vous m'appelez lâche!... Ah! donnez-moi ma part de champ et de soleil, envoyez contre moi le plus hardi de vos gentilshommes, et venez voir lequel de nous saura le mieux mourir.

— C'est-à-dire, dit Etienne avec une ironie dédaigneuse, que tu n'acceptes pas le devoir quand il est difficile ; tu veux choisir tes vertus. C'est bien : continue! J'avais fait élever loin d'ici, dans la retraite, le dernier fils de mon frère ; j'avais répandu le bruit de sa mort ; j'en avais moi-même fourni les preuves, afin que sa vie fût plus en sûreté. Je ne voulais pas qu'il pérît avant le jour où j'aurais pu lui mettre une épée à la main en lui criant : Venge les tiens! Ce jour est venu, et tu refuses! Arrière, alors ; c'est une erreur du hasard qui t'a mis parmi nous ; ton cœur n'est pas de notre famille, et tu restes pour moi ce que tu te croyais, un roturier et un bâtard.

— Alors nous ne sommes plus rien l'un pour l'autre, s'écria impétueusement Albert, et vous pouvez me rendre raison, messire, de vos injures.

Il s'était élancé vers son oncle ; Marie se jeta devant lui pour l'arrêter.

Mais avant même que messire Chauvin eût pu répondre, un nouveau personnage se précipita dans la chambre du secrétaire. C'était Ivon Cosquer déguisé en magicien et tenant à la main son masque.

— Qu'y a-t-il? demanda vivement Etienne.

— Nous sommes trahis, messire, balbutia l'ancien tavernier.

— Que veux-tu dire?

— Le sergent qui devait nous livrer la poterne est arrêté.

— Et les trente gentilshommes?

— Trouvant l'entrée fermée, ils ont compris que tout était manqué.

— Et ils sont repartis?

— Nous laissant seuls au dedans.

Chauvin frappa ses mains l'une contre l'autre avec une sourde malédiction.

— Encore un espoir perdu, murmura-t-il.

— Mais nous, nous, messire, qu'allons-nous devenir? reprit Yvon avec épouvante.

— N'y a-t-il aucun moyen de fuite?

— Aucun que je connaisse, messire; nous sommes dans la souricière.

— Alors restons-y, dit Étienne en croisant ses bras d'un air pensif.

Ivon le regarda effaré.

— Rester? répéta-t-il, seigneur Dieu! que dites-vous là, messire? Mais songez donc qu'il y va de la vie, de la vie, entendez-vous? Rester! Jésus, mon Sauveur!... pour être pilorié en plein ou cousu dans un sac de cuir... Ah! vous ne les avez pas vus, les sacs, messire... Rien que d'y penser j'en ai froid.

— Trouve alors le moyen de sortir, dit Etienne avec une sorte d'indifférence.

Le tavernier poussa un gémissement en se frappant le front de désespoir.

— Je puis vous le fournir, dit Albert qui avait jusqu'alors gardé le silence.

— Toi?

— Prenez ce sauf-conduit, messire; vous trouverez vis-à-vis le château la barque de passage...

— Courons, s'écria Ivon en gagnant la porte.

Etienne parut hésiter un instant; puis, étendant la main vers le parchemin que lui présentait Albert:

— J'accepte, dit-il; plus que jamais il faut que je vive, puisque je reste seul pour venger les morts.

Il s'enveloppa à ces mots dans sa cape brune, et disparut avec Ivon.

Restés seuls, les deux amants se tournèrent l'un vers l'autre; par un même mouvement Albert ouvrit ses bras, et Marie s'y précipita; tous deux restèrent ainsi quelques instant confondus dans un étroit embrassement.

— Non, non, dit le jeune homme d'un accent entrecoupé, et en retenant Marie sur son cœur; non, ils ne t'arracheront point à moi! Toi plutôt que le devoir, plutôt que l'honneur; toi seule partout et pour tout!

XI

Cependant messire Chauvin et Ivon avaient quitté la chambre du secrétaire avec des sentiments bien différents. Celui-ci ne songeait plus qu'à mettre, le plus promptement possible, la Loire entre lui et son ancien compère, tandis que le gentilhomme se retirait à regret, et comme un lion qui s'éloigne en rugissant de la bergerie où il avait réussi à pénétrer. La découverte qu'il venait de faire de l'amour d'Albert, jointe à l'insuccès d'une entreprise qu'il avait crue assurée, excitait en lui une rage qu'il contenait à peine.

Arrivé au bas de l'escalier de la tourelle, il s'arrêta comme s'il n'eût pu se résoudre à passer outre.

— Encore une occasion manquée, dit-il, la tête basse et les bras pendants.

— Demandons à Dieu qu'il ne nous arrive pas de plus grand malheur, répliqua Ivon en indiquant le chemin qu'il fallait prendre.

— Mais d'où vient que l'on a changé le gardien de cette damnée poterne?

— C'est ce dont nous nous informerons une autre fois, messire; pour le moment, il ne s'agit que de mettre nos pourpoints en sûreté. Mais, au nom du Sauveur! ne perdons point de temps, si nous ne voulons être mis en sacs et envoyés à la mer par-dessus les ponts, comme mouture gâtée.

— Allons, dit Chauvin avec un soupir, reprenons alors la route d'Au[illegible]ais.

— Ce n'est ni le plus facile ni le plus sûr, observa Ivon.

— Pourquoi cela?

— Parce que les deux armées, qui, à notre départ, étaient à une portée de sifflet l'une de l'autre, peuvent avoir joué des mains en notre absence, et que si les gentilshommes ont eu le dessous, nous retrouverons justement là-bas ce que nous fuyons ici. Le plus prudent est de gagner l'autre rive, où nous trouverons messire Trevecar avec les siens.

— Soit, dit Etienne en restant toujours immobile.

Puis, se reprenant tout à coup:

— Mais l'homme d'armes? demanda-t-il.

— Il nous attend près du passage.

Messire Chauvin soupira et regarda autour de lui comme s'il eût cherché quelque prétexte pour demeurer.

— L'occasion de rentrer ici ne se présentera de longtemps, dit-il; si je pouvais joindre au milieu de la fête les gentilshommes avec lesquels nous entretenons correspondance... qui sait s'ils ne tenteraient point quelque coup de main? Les moins prémédités sont souvent les plus heureux.

— Et quel moyen de reconnaître sous le masque ceux qui tiennent pour vous, messire? dit Ivon. Par votre saint patron! ne songeons qu'à gagner la porte qui donne du côté de la Loire.

Etienne leva ses deux poings avec rage.

— Il y a une malédiction sur nous, dit-il. Des précautions si bien prises!... et partir sans avoir fait aucun mal au tailleur; sans qu'il sache même que nous sommes venus!

— Ecoutez! interrompit Ivon en baissant la voix, on descend l'escalier.

— Albert sans doute?

— Non, c'est le pas d'une femme... la fille du trésorier.

— Sa fille! répéta Etienne, saisi d'une terrible tentation.

— La voici.

— Elle est seule?

— Seule.

— Prends ce sauf-conduit.

— Moi!

— Et pas un mot, pas une hésitation, ou tu es mort.

En parlant ainsi, messire Chauvin s'était rangé dans l'ombre; la jeune fille venait de franchir la dernière marche de l'escalier; elle allait tourner l'angle du porche... Tout à coup deux bras la saisirent... elle voulut crier, une main s'appuya sur ses lèvres; se débattre, les plis d'un manteau l'enveloppèrent. Elle essaya de résister encore, mais la lutte fut courte; messire Chauvin l'avait enlevée, et la tenait serrée contre la cuirasse d'acier que recouvraient ses vêtements: suffoquée, elle s'évanouit.

— A la poterne maintenant, et montre le sauf-conduit, dit Etienne en poussant le tavernier devant lui.

Celui-ci était comme ivre de surprise et d'épouvante; il se précipita vers l'entrée sans savoir où il allait, et montra machinalement sa *passe*.

— Que porte là ton compagnon? demanda le sergent en voulant s'approcher.

— Arrière! cria Etienne; laissez passer la justice du trésorier.

Les soldats s'écartèrent avec une sorte de terreur, et tous deux franchirent le pont-levis.

L'homme d'armes les attendait près du passage; Etienne courut à la barque, et y déposa son fardeau.

Dans ce moment, la jeune fille, revenue de sa défaillance, fit un effort pour se dégager.

— Vite! cria Etienne.

Ivon et l'homme d'armes s'élancèrent dans la nef.

— Partez, reprit-il rapidement; moi je reste. Vous remettrez cette jeune fille aux gentilshommes qui attendent sur l'autre rive, et surtout qu'ils ne se la laissent point enlever, car c'est la vengeance et la paix qu'ils ont entre leurs mains. Allez; vous m'en répondez tous deux sur votre tête.

Il repoussa lui-même la barque, qui se détacha du rivage et se perdit bientôt dans la nuit.

— Et maintenant à l'autre! murmura-t-il d'un ton joyeux

en regardant le château ; qui tient le petit est bien près d'avoir le renard.

A peine eut-il disparu, que la claie fermant la cabane de roseaux du passage s'ouvrit doucement ; une ombre en sortit, se glissa avec précaution le long des saules, et arriva jusqu'à l'escalier d'embarquement. C'était le batelier à qui sa nef venait d'être enlevée, et qui avait tout vu.

Cependant Albert était demeuré seul dans son retrait, sans pensée et comme anéanti. Tant que Marie avait été là, qu'il avait entendu sa voix, vu ses pleurs couler, son affliction l'avait soutenu ; mais, elle partie, il lui sembla que tout devenait ténèbres, et il sentit la force l'abandonner comme un corps dont l'âme se fût envolée.

Bientôt une nouvelle agitation succéda à cet accablement. Les reproches de messire Chauvin commençaient à lui retentir au cœur. Nourri dans les idées d'honneur de son siècle, et habitué à regarder comme un devoir pieux, pour le fils, d'adopter toutes les haines du père, il éprouvait une sorte de remords de ne point désirer plus chaudement la vengeance. Il s'accusait d'impiété et se prenait en mépris. Puis, se roidissant tout à coup contre ces repentirs, par un de ces retours naturels aux cœurs bourrelés, il cherchait à se justifier à ses propres yeux ; il s'indignait contre la méchanceté des hommes ; il détestait Etienne de lui avoir appris le douloureux secret de sa naissance ; il maudissait cette inimitié sans justice qui lui faisait poursuivre le crime du père jusque sur la fille.

Albert n'en pouvait douter : si messire Chauvin l'emportait, Marie avait tout à craindre. C'était en elle surtout qu'il chercherait à frapper le trésorier, comme en ce qu'il avait de plus cher. La jeune fille deviendrait entre ses mains un instrument de supplice ; il l'avait promis, et sa haine répondait de sa promesse.

Cette idée fit naître une crainte subite chez Albert. La *passe* livrée à son oncle était générale ; elle devait lui ouvrir toutes les portes, et, au lieu d'en user pour fuir, il pouvait s'en servir pour introduire la troupe de révoltés à laquelle le hasard avait fermé l'entrée du château. Le jeune homme fut glacé à la pensée qu'il venait peut-être, à son insu, de commettre une sorte de trahison et d'exposer la vie de Marie. Il resta un instant effrayé et indécis : il ne pouvait prévenir le ministre, et il ne voulait point le laisser surprendre ; parler ou se taire était également une perfidie. Ne sachant à quoi se résoudre, et voulant au moins s'assurer si ses craintes étaient fondées, il descendit rapidement vers la Loire.

En arrivant au passage, il trouva le batelier, une lanterne à la main, et qui semblait chercher à terre.

— Où est ta nef? demanda-t-il vivement en apercevant la lune qui scintillait, sur l'eau, à la place vide de la barque.

— Partie, répondit le marin.

— Sans toi?

— Ils s'en sont emparés, messire.

— Qui?

— Des hommes masqués qui enlevaient une femme.

— Tu les as donc vus?

— De ma cabane ; mais ils étaient armés.

— Tu as craint de te montrer?

— Et j'ai bien fait, ils ne me cherchaient point, ajouta le batelier en baissant la voix ; vu que d'habitude on ne souhaite pas de témoin quand on enlève une femme.

— Une femme ! répéta Albert.

— Evanouie ou morte, car elle ne bougeait point.

— Et d'où sortaient ces hommes?

— Du château.

Le secrétaire tressaillit.

— Mais la femme, dit-il, tu l'as vue?

— Non, messire, j'ai seulement trouvé ce bracelet.

Le jeune homme le prit vivement, et poussa un cri en reconnaissant l'écusson de Landais.

— Vous savez son nom? dit le marin étonné.

— Une barque, malheureux, une barque !

— Il y a celle de Pierre.

Albert y courut, et, brisant la chaîne qui retenait la nef :

— A la rame ! cria-t-il au batelier, et tout ce que je possède si tu les atteins !

XII

Pendant ce temps, le joyeux tumulte de la fête donnée par le duc allait toujours croissant. Un bal masqué n'était point alors, comme de nos jours, une sorte de bibliothèque géographique reproduisant les costumes de tous les peuples, et connue d'avance par tout le monde ; chacun s'y donnait libre carrière, saisissant l'occasion de produire ses plus bizarres caprices, et s'habillant pour ainsi dire de son rêve, noble ou hideux, grotesque ou terrible. Aussi pouvait-on deviner, en voyant la forme adoptée par chacun, quelle était sa fantaisie la plus ordinaire ; ce n'était point, à vrai dire, une mascarade, mais plutôt une confession. Ce qui, d'habitude, se cachait au dedans, paraissait ce jour-là au dehors ; tandis que l'homme caché était l'homme que le monde façonnait à ses exigences, l'homme apparent était l'individu même dans sa personnelle inspiration ; le véritable visage mentait ; c'était le masque qui disait la vérité !

Aussi, qui pourrait dire les innombrables formes sous lesquelles se produisaient là les intimes penchants? Quels étranges contrastes ! quelles folles alliances ! Cette foule n'avait plus rien d'humain. On y retrouvait toutes les inventions effrénées de l'art au moyen âge, tous ces caprices adorables ou monstrueux sculptés aux murs de nos cathédrales. A voir ce chaos d'anges ailés, de démons cornus, de génies couronnés, de flammes, de dragons, de chimères et de déesses antiques, on eût dit je ne sais quelle irruption confuse du monde imaginaire dans celui de la réalité, une sorte de députation de tous les paradis et de tous les enfers, réunie là par une suprême fantaisie.

Le duc, déguisé en *Apollon*, avait fait son entrée au milieu de neuf demoiselles merveilleusement belles et aussi légèrement vêtues que les Muses. Mais l'éclat des lumières, le son des rebecs, et l'air tout chaud de parfums et d'haleines, n'avaient point tardé à le jeter dans une sorte d'enivrement. Il regarda un instant passer ces dieux antiques conduisant des femmes demi-nues, ces ribauds poursuivant les Dianes chasseresses, ces démons obscènes entraînant des anges ; et, emporté par une sorte de délire contagieux, il s'élança lui-même au milieu de la folle mêlée.

Le trésorier entra dans ce moment. Son premier regard chercha Marie au milieu de la foule agitée. Ne l'apercevant point, il la demanda au héraut qui gardait la porte. Celui-ci ne l'avait point vue.

Landais parcourut lentement les salles sans pouvoir la rencontrer. Etonné, il chargea Guéguen de continuer à chercher la jeune fille dans le bal, et il allait lui-même se rendre à son retrait, lorsque Jacques Guibé parut pâle et effaré.

Le trésorier le fit entrer promptement dans une pièce à l'écart.

— Nous avons perdu la bataille? demanda-t-il avec angoisse.

— Non, répondit Jacques haletant.

— Quelles nouvelles de l'armée, alors?

— Il n'y a plus d'armée, messire.

— Comment?

— Au moment d'en venir aux coups, nos soldats ont tendu la main aux révoltés et se sont joints à eux.

— Qui t'a dit cela?

— Les fayards qui viennent d'arriver. Au moment où ils sont partis, les deux armées se préparaient à marcher ensemble sur Nantes.

Landais demeura sans mouvement, sans parole et sans pensée.

Il avait prévu la possibilité d'une défaite, et pris ses mesures pour y remédier; mais le coup qui le frappait était trop décisif et trop inattendu; ce n'était plus un échec, c'était une ruine; c'était la destruction subite et complète de tous ses plans.

A force d'adresse, de prévision, d'audace, il avait cru pouvoir accepter la lutte contre les seigneurs; il avait, pour cela, élevé la petite noblesse, armé la bourgeoisie, soudoyé les manants, donné des commandements à tout roturier capable de tenir l'épée; vains efforts! à la première épreuve, tout cet édifice laborieusement construit pendant quinze années s'était écroulé! Les chiens, délivrés du collier, n'avaient point voulu défendre leur liberté, et, à l'aspect du maître, ils étaient venus se replacer sous le fouet, la tête basse.

Landais était demeuré debout, les regards fixes, n'écoutant plus les nouveaux renseignements que lui donnait Jacques Guibé, et se débattant avec agonie au milieu de ce rêve si longtemps poursuivi.

Il sortit pourtant de sa préoccupation, lorsque son neveu, inquiet, lui demanda ce qu'il fallait faire.

L'idée de sa responsabilité lui revint, et l'orgueil le ranima à défaut d'espérance.

— Amène-moi d'abord un des fuyards, dit-il, je veux l'interroger.

Le capitaine sortit, et Landais s'assit pensif.

Dès que la pensée de résistance lui était revenue, son esprit s'était mis, avec sa promptitude accoutumée, à la recherche des moyens, et déjà mille desseins s'y croisaient. Plus le premier coup avait été accablant, plus l'effort tenté pour échapper à sa violence fut énergique et résolu. Landais s'enfuit dans l'action, sans confiance d'abord, mais avec la seule intention d'échapper à l'agonie d'une défaite sans lutte : il voulut tenter la défense, ne fût-ce que pour occuper son inquiétude, et lui donner au moins la distrayante péripétie du combat.

Puis, comme il arrive d'ordinaire, ce qui n'avait été qu'un conseil du désespoir lui parut une chance de salut; il n'avait d'abord cherché qu'un moyen de retarder sa chute, il lui sembla bientôt qu'il n'était point impossible de la prévenir.

Il comprit les dangers, les regarda mieux et de plus près. Le difficile, après tout, était de résister au premier instant. La nouvelle de la fusion des deux armées était dangereuse, et il était à craindre que noblesse et roture, entraînées par l'exemple, ne se tournassent contre lui aussitôt; car les foules ressemblent aux oiseaux de proie; partout où elles sentent la mort, elles accourent avec des cris de menace. Mais, aussi, s'il ne succombait point au premier soulèvement, sa victoire était certaine. En le voyant fort, tous les faibles reviendraient à lui, et les lâches rentreraient dans le silence.

Quant aux deux armées, réunies dans un moment d'enthousiasme, il s'y trouvait trop d'orgueils égaux et de droits contraires pour que la discorde ne se mît pas entre les chefs et les soldats. Incapables, d'ailleurs, d'entreprendre un siége, elles ne pouvaient entrer à Nantes que par la lâcheté ou le bon vouloir des habitants, et pour rendre cette bourgeoisie furieuse de courage, il suffisait de lui faire craindre la perte de ses priviléges ou de ses marchandises.

Toutes ces réflexions rassurèrent un peu Landais, et lorsque Guibé reparut avec le fuyard, il avait déjà arrêté une partie des dispositions qu'il devait prendre contre les révoltés.

Jacques lui apprit avec effroi que la nouvelle de la réunion des deux armées s'était déjà répandue dans le bal.

— Le duc en est-il instruit? demanda le trésorier.

— Nul n'ose le lui annoncer, répliqua Guibé, et Monseigneur continue à danser.

— Qu'il danse, dit Landais, pendant ce temps nous sauverons sa couronne.

Il se mit alors à interroger le soldat, dont les réponses achevèrent de l'éclairer, et il allait donner des ordres à son neveu, lorsque Guéguen entra précipitamment.

— Qu'y a-t-il encore? demanda le trésorier.

— Votre fille... balbutia Guéguen.

— Eh bien! ma fille?...

— Elle a disparu...

Le ministre pâlit.

— Que dis-tu, malheureux? On ne l'a donc point cherchée?

— Partout, messire!

— Mais ses femmes?...

— N'ont pu la trouver.

— C'est impossible : qu'on l'appelle, qu'on interroge tout le monde, elle aura été vue de quelqu'un.

— De moi, dit une voix forte.

Landais se détourna. Messire Chauvin venait d'entrer.

— Je t'apporte des nouvelles de ta fille! reprit le vieux gentilhomme.

— De Marie!... parle... parle.

— Ces nouvelles sont pour toi seul.

— Qu'on nous laisse, s'écria vivement Landais.

Guéguen, le soldat et Jacques se retirèrent.

Le trésorier se retourna vers le vieux gentilhomme :

— Eh bien? demanda-t-il plein d'angoisse.

Etienne croisa les bras.

— Regarde-moi d'abord, dit-il avec un sourire sinistre. Est-ce que ma joie ne te fait pas peur? Ne devines-tu pas qu'elle t'annonce quelque terrible nouvelle?

— Je ne te comprends point, dit Pierre plus troublé... tu devais me parler de ma fille; s'il est vrai que tu l'aies vue, réponds, où est-elle?

— Enlevée.

— Tu mens!

— Enlevée par moi, cette nuit même, au moyen d'un sauf-conduit signé de ta main! et si tu doutes encore, fais-la chercher; je ne désire point abréger l'agonie qui commence pour toi, car elle réjouit trop mon cœur. Attends et espère!

La joie cruelle qui accompagnait ces mots ne permettait point le doute; Landais se sentit froid jusqu'au cœur.

— Et où l'as-tu envoyée? demanda-t-il d'une voix tremblante?

— Au camp des révoltés.

— Alors c'est une rançon que tu veux?

— C'est une expiation.

— Une expiation?... mais ma fille... tu me la rendras?

— Quand tu m'auras rendu mon frère.

Landais fit un geste d'épouvante.

— Vous n'êtes point assez lâche pour tuer une enfant, s'écria-t-il.

— Tu as bien tué un vieillard, toi! répondit Etienne.

Pierre s'approcha, pâle et la voix altérée.

— Prenez garde, messire, vous aussi vous êtes en mon pouvoir, et le mal fait à Marie, je puis vous le rendre au centuple.

— Essaie, dit le gentilhomme avec un calme souriant, j'accepte la partie à ces conditions. Nous verrons qui succombera le plus tôt, de ta fille ou de moi.

Landais frémit.

— Ne perdons pas le temps en inutiles menaces, reprit-il rapidement. Vous ne pouvez vous venger de moi sur une enfant, car ce serait une honte et une lâcheté. L'avoir enlevée est trop déjà; mais vous avez bien choisi où me frapper, vous me tenez par le cœur; aussi n'emploierai-je point de détours, réglez vous-même le prix du rachat, et dites-moi à quelles conditions ma fille me sera rendue.

Etienne ne répondit rien; depuis quelques instants sa tête s'était penchée, et il semblait prêter l'oreille. Son silence épouvanta le trésorier. Il savait que tout était à craindre de cet homme, fou dans sa haine comme il l'avait été autrefois dans sa douleur, et qu'un crime ne l'effraierait point s'il tournait au profit de sa vengeance. L'amour paternel était la seule passion tendre de Landais; il y avait mis toutes ses consolations et tous ses élans. L'idée que le sort de Marie s'accomplissait peut-être dans ce moment le jeta dans une sorte de délire : il courut à Etienne, et lui saisissant la main :

— Rendez-moi ma fille, messire, s'écria-t-il ; rendez-la-moi, et je souscris à tout ce que vous voudrez.. Le mal que j'ai fait à votre famille, je puis le réparer ; je lui rendrai ses biens, ses emplois, ses armes ; je vous ferai plus puissant que votre frère ne l'a jamais été ! mais dites-moi où est Marie : un gentilhomme ne peut frapper une femme : on ne frappe que ceux qui se défendent... Epargnez-la, messire !... Vous avez dû aimer quelqu'un aussi, dans votre vie ? Par son souvenir et au nom du Dieu tout-puissant, rendez-la-moi !

Et comme Etienne écoutait, toujours muet :

— Ne restez pas ainsi, messire ! s'écria Landais hors de lui : qu'attendez-vous, et pourquoi ne rien dire ? Ma fille court-elle quelque danger ? oh ! répondez, si vous croyez en Dieu, répondez ! Que faut-il donc pour vous toucher ? des prières ? j'ai les mains jointes ; des larmes ? je pleure ! N'est-ce pas assez pour que vous ayez pitié ? Faut-il vous parler comme à Dieu lui-même ? je suis prêt, voyez.

Landais éperdu et tremblant s'était courbé devant le fou ; celui-ci l'écrasa d'un regard.

— Enfin, tu pries ! dit-il.

— Pour ma fille, répondit Pierre d'un air noblement suppliant.

Dans ce moment, l'horloge sonna deux heures ; messire Chauvin tressaillit, et un éclair de joie illumina tous ses traits.

— Prie pour toi-même ! s'écria-t-il en étendant la main avec menace vers le ministre.

Celui-ci leva les yeux avec étonnement.

— As-tu donc cru que je venais ici sans but et pour traiter avec toi ? reprit Chauvin. Le seul accommodement possible entre nous est celui que scellera la hache, et nous le conclurons bientôt, car tu n'as plus d'armée.

— Je le sais, répondit Pierre.

— Et sais-tu aussi que l'avant-garde des révoltés est déjà sous les murs de Nantes ? sais-tu que les gentilshommes, qui viennent de l'apprendre au bal, ont couru aux armes afin de les seconder ?

— Est-ce vrai ?

— Je suis venu parce qu'il fallait t'empêcher d'être averti et de prendre tes mesures ; occupé de ta fille, tu as oublié tout le reste ; et maintenant, la ville est livrée.

Landais n'en écouta point davantage ; il poussa un cri et voulut s'élancer vers la porte ; mais Chauvin abattit vivement la barre qui la fermait en dedans, et tirant son épée :

— J'ai promis que tu ne sortirais point, dit-il résolûment.

— Place, messire, ou j'appelle ! s'écria Landais.

— Tes gardes ont quitté la galerie.

— Ils sont ici près.

— Moins près que ce fer de ta poitrine ; et si tu pousses un cri, ce sera le dernier.

Le trésorier recula pâle et hésitant. Il sembla mesurer l'espace qui le séparait de la porte, puis promenant les yeux autour de lui comme s'il eût cherché une arme ou une issue, mais il n'y avait nul moyen de se défendre ni de fuir.

Etienne, qui avait suivi ses regards, sourit.

Tu cherches en vain, dit-il lentement ; tu es bien en ma puissance ; toi et ta race, je vous écraserai aujourd'hui sous mon talon comme une nichée de vipères ; cette fois, tu ne m'échapperas point !

— Que Dieu fasse selon son désir ! dit Landais d'une voix sombre.

Et il s'assit avec une sorte de calme terrible.

Il y eut un moment de silence ; tous deux attendaient, et pour tous deux chaque minute était un siècle d'angoisses.

Tout à coup un bruit de voix se fit entendre, des pas précipités retentirent dans la galerie.

— Landais ! s'écria Etienne, voici la mort qui vient !

— La mort, répéta Pierre en se relevant, je la recevrai debout.

Le gentilhomme avait retiré la barre ; la porte s'ouvrit vivement, et Albert parut tenant Marie par la main.

Trois cris partirent en même temps ; la jeune fille s'était élancée dans les bras de son père ; Etienne, immobile et muet, ne pouvait en croire ses yeux ; Albert s'avança vers lui.

— Ah ! c'est toi qui l'as ramenée ? dit le vieillard en l'apercevant.

— C'est moi ! répondit froidement Albert.

— Misérable ! cria Chauvin avec un geste violent.

Les yeux du jeune homme s'allumèrent

— Les misérables, dit-il, sont ceux qui emploient la trahison contre une femme sans défense.

— Et ces lâches t'ont laissé la reprendre, continua Etienne sans l'écouter : ils ne l'ont pas plutôt percée de leurs épées ! Ah ! j'aurais dû le prévoir et la conduire moi-même.

— Oui, interrompit vivement Pierre, mais tu ne l'as point fait, et ma fille est sauvée, et, grâce à toi, je sais tout ! Dieu soit béni, j'ai retrouvé ma force et mon espérance !... Ah ! tu as raison, maître, le seul accommodement possible entre nous désormais est celui que scellera la hache, mais tu t'es vanté trop tôt, car c'est moi maintenant qui tiens le manche ; à toi le tranchant !

XIII

Il y a dans toute existence humaine des jours d'épreuve où les désastres se multiplient avec une sorte de fatalité invincible, où chaque instant amène un changement nouveau, où tout se succède et se précipite comme dans un drame bien préparé ; crises courtes, mais suprêmes, qui recèlent souvent plus d'événements et d'émotions que tout le reste de la vie !

Landais était arrivé à une de ces heures décisives où notre destinée court de péripéties en péripéties à son dénoûment. Au moment même où, par un bonheur inespéré, sa fille lui était rendue, les gentilshommes qui avaient quitté la fête ouvraient une porte aux révoltés, et leur livraient ainsi la ville.

Ceux-ci parurent bientôt devant le château, mais ils trouvèrent les herses levées et les remparts garnis d'archers ; ils s'arrêtèrent à quelque distance des fossés pour délibérer.

Cependant le duc, qui avait été averti le dernier, venait d'accourir à la tourelle pour reconnaître la force de l'ennemi ; il y trouva Landais.

— Combien sont-ils ? demanda François haletant.

— Assez pour que leur châtiment serve d'exemple, répondit le trésorier, qui sentait le besoin de relever le courage du duc par une feinte tranquillité.

Mais celui-ci s'approcha d'une meurtrière, et aperçut, aux premières lueurs du jour, la troupe des assiégeants qui occupait déjà tous les abords du château ; il recula en pâlissant.

— Par le Christ, c'est une armée ! dit-il d'une voix troublée.

Landais allait répondre, lorsque Jacques Guibé annonça qu'un envoyé de la noblesse demandait à parler à Monseigneur.

— Que veut-il ? demanda le trésorier.

— Il apporte des propositions.

— Qu'on le chasse !

— Non, qu'il vienne ! interrompit rapidement le duc.

— Il vous trompera, Monseigneur.

— J'y prendrai garde, maître.

Et comme Guibé semblait hésiter :

— Amène-le, ajouta-t-il ; je le veux !

Jacques reparut bientôt avec un gentilhomme en costume de guerre, mais désarmé ; c'était le vicomte de Rohan.

Le vicomte s'inclina respectueusement à l'aspect de François: celui-ci salua légèrement du geste et s'assit. Il y eut des deux côtés une pause; Landais, les bras croisés, observait le duc.

— Quelles paroles m'apportez-vous de la part des vôtres? demanda enfin celui-ci d'un ton qu'il s'efforçait de rendre hautain.

— Toujours la même, monseigneur, répondit le vicomte; les gentilshommes sollicitent réparation et justice.

— Où sont leurs demandes?

— Dans cette supplique, monseigneur.

— Lisez.

Le vicomte déploya le parchemin qu'il tenait à la main et obéit.

Ce qu'il avait appelé une supplique n'était autre chose qu'un traité par lequel la noblesse rentrait dans ses plus anciens priviléges. C'était l'acte déjà proposé à la signature de François, lorsqu'il s'était trouvé un instant le prisonnier des gentilshommes, mais avec toutes les additions que le temps, la réflexion et le succès avaient permis d'y apporter.

Le duc écouta cette longue transaction avec plus d'ennui que de colère. Seulement, arrivé à l'article par lequel les gentilshommes exigeaient qu'on leur livrât le trésorier, il jeta un regard oblique à ce dernier.

— Cela ne peut être, interrompit-il lentement; frapper messire Landais, ce serait me frapper moi-même, car il est revêtu de mon autorité.

— Que monseigneur la lui retire, observa Rohan et rien de commun n'existera entre lui et cet homme.

— Le duché et moi, nous lui devons trop pour l'abandonner aux mains de ses ennemis.

— Songez, monseigneur, que, quoi qu'il arrive, il y tombera, reprit le vicomte avec une fermeté soumise; nous sommes maîtres de la ville et nous le serons du château aussitôt qu'il nous plaira. Les bourgeois nous aideraient eux-mêmes à l'assaut, de peur de nourrir trop longtemps nos hommes de guerre, et pour rouvrir plus tôt leurs boutiques, ils pendraient maître Landais de leurs propres mains. Tout secours est donc impossible, toute résistance vaine et sans profit; croyez-moi, monseigneur, rendez la paix au duché en séparant votre cause de celle d'un mauvais serviteur qui maintes fois vous a trahi vous-même.

— C'est ce qu'il faudrait prouver, dit le duc, dont la résolution devenait moins ferme à mesure qu'on lui montrait plus clairement le danger.

— Qu'à cela ne tienne, répliqua le vicomte; nous ne voulons que l'équité, et si monseigneur doute des crimes de maître Landais, nous consentons à ce qu'il lui donne des juges.

François se tourna vers le ministre comme pour l'interroger du regard. Il était évident que son lâche cœur cédait déjà, et qu'il eût voulu sortir du péril en livrant son favori; mais il n'osait s'avouer à lui-même son désir. Dominé, malgré tout, par le génie de Pierre, il attendait, avec cet instinct des égoïstes pour deviner les fortes âmes, que Landais lui accordât lui-même la permission de le trahir.

Mais Landais demeura muet.

Un travail terrible s'achevait en ce moment dans son esprit. Après avoir vivement écouté tout ce que venait de dire le vicomte, après avoir suivi les impressions du duc et s'être senti abandonné par lui, il avait rapidement repassé dans sa pensée tous les moyens de salut qui lui restaient, et avait reconnu leur impuissance. Alors, voyant sa perte certaine, il s'y était résigné avec la promptitude des natures courageuses, et n'avait plus songé qu'à sauver sa fille de cet inévitable naufrage.

La résolution fut aussitôt prise; il fit un pas vers le duc inquiet de son silence, et qui baissa les yeux sous son regard.

— Les propositions de messire Rohan peuvent être acceptées, dit-il, s'il accepte également les nôtres.

— Quelles sont-elles? demanda le vicomte attentif.

— Les voici, messire. Je veux, quel que soit l'arrêt des juges, que tous mes biens soient conservés à ma fille, qui demeurera libre et maîtresse de ses volontés, et à l'abri de toute poursuite.

— Ceci peut vous être accordé, dit le vicomte.

— Je demande qu'aucun empêchement ne soit apporté à son mariage avec celui que je lui choisirai moi-même.

— Qu'il soit encore fait en cela selon vos désirs, maître.

— Je veux enfin que vous juriez d'être fidèle à ces promesses, au nom de la noblesse entière; que vous y engagiez personnellement votre honneur et le salut de votre âme.

— Je l'engage, dit le vicomte sérieusement, en étendant la main vers le crucifix suspendu au mur.

— Et moi, ajouta le duc en se levant, je jure que, dussent tous les sénéchaux du duché te condamner, maître, je te prendrai à merci.

— Dieu vous récompense de votre intention, monseigneur! répondit froidement Landais; mais songez d'abord à signer la paix; moi, je vais embrasser ma fille encore une fois.

Cependant les clameurs des assiégeants, au milieu desquelles retentissait le nom du trésorier, n'avaient pas tardé à parvenir jusqu'au retrait de la jeune fille, et à l'instruire du péril qui menaçait son père. Albert essaya de la rassurer; mais le tremblement de sa voix et les regards inquiets qu'il jetait sans cesse vers la fenêtre démentaient ses paroles. Marie voulut alors retourner vers Landais; les efforts d'Albert pour la retenir ne firent qu'augmenter ses craintes, et elle allait courir à la galerie où elle avait laissé le ministre, lorsque celui-ci entra.

Elle se jeta dans ses bras avec un cri.

— Ah! que se passe-t-il, et que vous veut-on, mon père? demanda-t-elle épouvantée.

— Tu le sauras, enfant, dit Pierre; mais je te cherchais, il faut que je te parle.

— Oh! dites-moi d'abord que vous ne courez aucun danger.

— Les morts seuls pourraient parler ainsi, ma fille.

— Ainsi vous craignez?

— Rien; du calme, Marie, du calme, et écoute-moi, les moments sont précieux.

— Ah! parlez, mon père.

Landais prit les mains de la jeune fille, et Albert voulut s'éloigner; il l'arrêta d'un signe.

— Reste, dit-il, tu peux, tu dois tout entendre.

Et rapprochant Marie de son cœur:

— Réponds-moi, continua-t-il, et réponds sans détour, car il y va de tout mon bonheur: est-il vrai, comme tu me l'as dit un jour, que tu n'aies jamais désiré l'éclat ni la puissance?

— Ah! vrai, vrai, mon père.

— Et maintenant, comme autrefois, tu ne demanderais qu'un manoir entouré d'arbres, et la paix dans l'obscurité?

— Ah! n'est-ce point assez pour aimer à vivre?

Landais soupira.

— Tout est bien, alors, reprit-il. Ce que tu désirais, je te l'aurai obtenu! Peu importe que mes ennemis renversent l'édifice de fortune que j'avais mis quinze années à élever pour toi; puisque tu n'en voulais pas, il eût toujours fallu le détruire. Dieu fait bien ce qu'il fait.

Et serrant contre sa poitrine la jeune fille qui le regardait avec une inquiétude agitée:

— Ne crains rien, enfant, continua-t-il; je viens d'assurer ta paix.

— Mais la vôtre, mon père? s'écria Marie.

Landais détourna les yeux; elle saisit ses mains avec une brusque épouvante.

— La vôtre! répéta-t-elle, vous ne m'en parlez pas. Est-il sûr que vous n'avez plus rien à craindre? Oh! répondez, au nom de Dieu! ne savez-vous point que je ne veux être sauvée qu'avec vous? que sans vous je ne puis être heureuse?

— Tu te trompes, dit Landais avec un mélancolique sourire; je ne suis que ton père, moi.

— Ah ! que dites-vous ?

— Ne te défends pas ; cela doit être ainsi ; je ne puis que te préparer la vie ; c'est à un autre de te la faire joyeuse, et cet autre... tu l'as trouvé.

La jeune fille baissa la tête. Albert, qui avait suivi toute cette scène avec une émotion croissante, tressaillit embarrassé.

Landais se pencha vers Marie, et d'une voix plus basse :

— Réponds, dit-il ; me suis-je trompé ? celui qui t'a arrachée aux mains de tes ravisseurs n'est-il pour toi rien de plus qu'un libérateur ? N'est-ce pas avec lui que tu voudrais le manoir solitaire et la paix dans l'obscurité ?

— Mon père !... murmura la jeune fille en cachant son visage sur le sein de Landais.

— C'est bien, dit Pierre avec une triste douceur.

Et se tournant vers le jeune homme, qui s'était approché confus et attendri :

— Promets-tu de l'aimer plus qu'un père et de la protéger contre tous ? demanda-t-il.

— Ah ! jusqu'au dernier souffle de ma vie, s'écria Albert.

— Alors emmène-la, dit Landais d'une voix étouffée. Je puis mourir maintenant, car je la laisse heureuse et protégée.

— Tu te trompes, dit Chauvin qui parut à la porte du retrait.

— Encore cet homme! s'écria Pierre.

— Tu te trompes, répéta Etienne. En souscrivant toi-même à ta perte, tu crois avoir assuré à ta fille un doux avenir et un fidèle protecteur ! eh bien, ton espérance est vaine, car il y a entre elle et lui un obstacle invincible.

— Lequel ?... demanda Landais.

— La tombe du chancelier, dont Albert est le fils !

Pierre recula en poussant un cri.

— Ainsi, reprit Etienne avec un sourire sauvage, le bonheur de ta fille est impossible, et c'est toi qui en es cause ! Ainsi ton sacrifice aura été inutile, car, en mourant, tu la laisseras seule et le cœur brisé !... Bénis donc encore Dieu qui s'est joué de toutes tes espérances. Ah ! je t'avais averti que le jour des représailles viendrait, Landais ; trouves-tu enfin que je sois vengé ?

A la déclaration faite par Etienne, Marie s'était caché le visage, et le jeune secrétaire était devenu pâle. Landais demeura un instant égaré ; ses deux mains se portèrent à son front comme s'il eût craint de devenir fou.

— Albert ? fils du chancelier... répéta-t-il ; cela ne peut être... tous deux sont morts...

— Tu l'as cru, répondit Etienne avec une ironie triomphante ; mais celui-ci fut sauvé par moi.

— Tu mens !

— J'en ai la preuve.

— Tu mens !

— La voici.

— Un acte ! s'écria Albert.

— Signé des moines qui le reçurent.

— Ainsi, c'est la vérité.

— Regarde.

Le jeune homme saisit le parchemin :

— Et c'est là le seul témoignage de ma naissance, reprit-il après l'avoir parcouru ; c'est là le titre qui m'assure un héritage de sang pour lequel il faudrait renoncer à la pitié et au bonheur !... Je le refuse !...

— Rends-moi cet acte ! s'écria Etienne.

— Il m'appartient, dit le jeune homme ; moi seul ai droit de m'en servir.

— Et qu'en comptes-tu faire ?

Pour toute réponse, Albert courut au foyer et jeta le parchemin dans les flammes.

— Malheureux ! s'écria Chauvin.

— Qu'un autre réclame maintenant votre noble nom, messire, reprit le jeune homme avec calme ; moi je ne suis qu'un orphelin abandonné, le fils d'un mendiant, et je n'ai d'autre famille que cette femme et ce vieillard.

Landais leva au ciel ses yeux mouillés, et embrassant Marie :

— Maintenant je te quitterai sans crainte, ma fille, dit-il d'une voix profonde ; tu as quelqu'un qui t'aime autant que moi !

***

Quelques mois s'étaient écoulés depuis les événements racontés aux chapitres précédents. La noblesse, rassemblée dans cette même salle de réception où nous l'avons déjà vue, entourait le duc qui se montrait pour la première fois depuis plusieurs jours et dont le pâle visage portait encore l'empreinte d'une récente maladie.

A demi renversé dans un fauteuil, les mains jointes et les jambes croisées l'une sur l'autre, il écoutait une histoire qui occupait alors tout le duché. Il ne s'agissait de rien moins que d'une riche et belle bourgeoise de Nantes *livrée d'amour* à un noble étranger qu'elle avait reconnu plus tard pour Satan lui-même. La justice cléricale venait d'évoquer l'affaire, et il n'était bruit que des effrayantes dépositions de la belle bourgeoise et des exorcismes et purifications employés par messires les juges ecclésiastiques.

Le duc prêtait l'oreille à ce récit, agréablement assaisonné, par le vicomte de Rohan, de louanges pour sa seigneurie et d'épigrammes contre messire Satan ; mais son air restait froid, et le sourire n'avait point entr'ouvert une seule fois ses lèvres pâlies.

La foule, les yeux fixés sur ceux du duc, n'osait s'amuser sans qu'il en donnât l'exemple, et demeurait également sérieuse.

Le vicomte, déconcerté du peu d'effet de son histoire, coupa court en abrégeant les derniers détails.

— Nous vivons dans des jours tristes, messire, dit gravement le duc lorsqu'il eut achevé, je n'entends plus parler que de crimes, de prodiges ou de jugements.

Et comme si ce dernier mot eût réveillé en lui un souvenir :

— Le procès de messire Landais n'avance-t-il point, que je n'en entends plus dire mot ?

— Si je ne me trompe, les juges ont fini leur office, répondit Rohan avec contrainte.

— Quoi qu'ils décident, interrompit le duc, maître Landais a ma parole et doit obtenir grâce. La clémence est chose prudente aux vieillards, car Dieu ne pardonne qu'à ceux qui ont pardonné.

Les gentilshommes se regardèrent d'un air embarrassé, et il y eut un assez long silence.

Il fut interrompu par un bruit de voix qui se querellaient dans la galerie voisine. Le duc demanda la cause de ce débat ; mais avant qu'on eût pu lui répondre, la portière se leva brusquement, et Albert parut avec Marie.

A leur aspect tous les seigneurs firent un mouvement.

Le jeune homme n'avait point d'épée, et la jeune fille portait la coiffe de deuil des bourgeoises ; tous deux étaient vêtus de noir. Ils s'avancèrent vers le duc et se mirent à genoux.

— Ah ! je comprends, dit François, maître Landais a été condamné.

— Il est vrai, murmura Albert.

— Et vous venez solliciter sa grâce ?

Le jeune homme et la jeune fille relevèrent la tête avec un étonnement douloureux.

— Il serait trop tard, répliqua Albert d'une voix sombre.

— Que veux-tu dire ? interrompit le duc. Le trésorier...

— Est mort depuis trois jours, de la main du bourreau.

François se leva d'un bond, en poussant un cri si terrible que les gentilshommes reculèrent.

— Mort ! répéta-t-il avec une sorte d'égarement, sans que je l'aie su... Mort de la main du bourreau, malgré ma promesse, malgré ma volonté ! Qui donc a ordonné le supplice ?

— Nous tous, monseigneur, répondit Etienne : il fallait

faire justice ; nous avons exécuté l'arrêt sans rien dire, afin de ne point être forcés de vous désobéir.

— Et personne ne m'a prévenu ! reprit François avec rage.

— Personne ne l'a pu, monseigneur, observa Albert ; tous nos efforts pour parvenir jusqu'à vous ont été inutiles ; aujourd'hui même encore il a fallu entrer par surprise et violence pour demander le droit de déposer le corps du trésorier dans une terre sainte.

François promena sur les gentilshommes des regards étincelants.

— Ainsi je suis votre prisonnier, messires, dit-il tremblant de colère ; vous seuls commandez ici désormais... Vous avez déjà coupé la main droite du duché ; eh bien! coupez la tête, maintenant. Qui vous arrête?.., Moi mort, vous pourrez plus facilement achever de vendre la Bretagne au roi de France. Seulement rappelez-vous ma prédiction : votre félonie amènera elle-même son châtiment. Vous étiez les seigneurs d'un État indépendant, vous deviendrez les derniers gentils hommes d'un grand royaume. On se rira à la cour de votre pauvreté et de vos noms inconnus. Vous serez les cadets de la noblesse française. Ah! que je puisse voir du paradis un pareil changement, et je ne demande point d'autre joie...Dieu vous maudisse, fous et méchants,

A ces mots, le duc chancela et tomba renversé dans son fauteuil. Il était évanoui.

FIN.

Lagny. — Typographie de A. Varigault et Cie

www.ingramcontent.com/pod-product-compliance
Ingram Content Group UK Ltd.
Pitfield, Milton Keynes, MK11 3LW, UK
UKHW020519180726
13839UKWH00005B/2194

9 782329 460383